Diante da manta do soldado

Lídia Jorge

Diante da manta do soldado

autêntica contemporânea

Copyright © 1998 Lídia Jorge
Copyright desta edição © 2025 Autêntica Contemporânea

Publicado mediante acordo com a Literarische Agentur
Mertin Inh. Nicole Witt e. K., Frankfurt am Main, Germany.

Publicado originalmente em Portugal sob o título *O vale da paixão*.

Todos os direitos reservados pela Autêntica Editora Ltda.
Nenhuma parte desta publicação poderá ser reproduzida, seja
por meios mecânicos, eletrônicos, seja via cópia xerográfica,
sem a autorização prévia da Editora.

Esta edição mantém a grafia do texto original e não segue o
Acordo Ortográfico da Língua Portuguesa (Decreto Legislativo
n. 54, de 1995).

EDITORAS RESPONSÁVEIS
Rafaela Lamas
Rejane Dias

REVISÃO
Marina Guedes

CAPA
Diogo Droschi

ILUSTRAÇÃO DE CAPA
Arctic Tern (1827-1838),
John James Audubon
arthistoryproject.com

DIAGRAMAÇÃO
Guilherme Fagundes
Waldênia Alvarenga

Dados Internacionais de Catalogação na Publicação (CIP)
(Câmara Brasileira do Livro, SP, Brasil)

Jorge, Lídia
  Diante da manta do soldado / Lídia Jorge. -- 1. ed. -- Belo Horizonte, MG : Autêntica Contemporânea, 2025.

  ISBN 978-65-5928-579-2

  1. Ficção portuguesa I. Título.

25-268130   CDD-869.3

Índices para catálogo sistemático:
1. Ficção : Literatura portuguesa 869.3

Cibele Maria Dias - Bibliotecária - CRB-8/9427

A **AUTÊNTICA CONTEMPORÂNEA** É UMA EDITORA DO **GRUPO AUTÊNTICA**

Belo Horizonte
Rua Carlos Turner, 420
Silveira . 31140-520
Belo Horizonte . MG
Tel.: (55 31) 3465 4500

São Paulo
Av. Paulista, 2.073 . Conjunto Nacional
Horsa I . Salas 404-406 . Bela Vista
01311-940 . São Paulo . SP
Tel.: (55 11) 3034 4468

www.grupoautentica.com.br
SAC: atendimentoleitor@grupoautentica.com.br

A David

1.

Como na noite em que Walter Dias visitou a filha, de novo os seus passos se detêm no patamar, descalça-se rente à parede com a agilidade duma sombra, prepara-se para subir a escada, e eu não posso dissuadi-lo nem detê-lo, pela simples razão de que desejo que atinja rapidamente o último degrau, abra a porta sem bater e entre pelo limiar apertado, sem dizer uma palavra. E foi assim que aconteceu. Ainda o tempo de reconstituir esses gestos não tinha decorrido, e já ele se encontrava a meio do soalho segurando os sapatos com uma das mãos. Chovia nessa noite distante de Inverno sobre a planície de areia, e o ruído da água nas telhas protegia-nos dos outros e do mundo como uma cortina cerrada que nenhuma força humana poderia rasgar. De outro modo, Walter não teria subido nem teria entrado no interior do quarto.

Nessa altura, a casa de Valmares já havia perdido a maior parte dos seus habitantes, e os compartimentos onde tinham vivido os descendentes de Francisco Dias encontravam-se fechados, ao longo do corredor por onde antigamente todos se cruzavam. Então era muito difícil distingui-los pelas passadas. Vários filhos e vários netos, três noras e um genro, caminhando sem cessar desde madrugada, forneciam uma multiplicidade de ruídos indestrinçáveis para quem fosse menor e ficasse à escuta, horas a fio, dentro dum quarto. Porém, naquele Inverno, no início dos anos sessenta, os passos dos que restavam eram tão identificadores quanto as suas caras ou os seus retratos.

Havia os passos soltos e leves dos filhos de Maria Ema, ainda crianças, ainda mal pousados, lembrando fugas de roedores, pela forma como percorriam o corredor em bando rápido. Em contraste, havia os passos pesados de Francisco Dias produzidos por botas onde luziam duas filas de cardas que emprestavam ao som um ruído de ferro, seguindo-o por toda a parte como se transportasse uma coroa nos pés. E havia os de Custódio, mais leves do que os passos do pai, mas ainda assim o protector de metal existia, picando aqui e ali o ladrilho e o cimento, com seu andar assimétrico de coxo. Por razões acrescidas, também esses, os passos do filho mais velho de Francisco Dias, se tornavam inconfundíveis. O som surgia sincopado, do lado do quarto poente, onde dormia com Maria Ema, o som saía das botas de Custódio como uma falha, um desvio em relação ao chão e à realidade, um desequilíbrio, e contudo, nessa assimetria, alguma coisa nos passos do filho mais velho de Francisco Dias resultava regular, mais regular do que os passos dos outros. Era em torno desses que se ficava à escuta da falha, do silêncio dum pé, como um pêndulo que se agita e promete uma batida desigual que nunca acontece. Inconfundíveis os seus passos, atravessando a casa de Valmares, cruzando-se com os de Maria Ema que nunca paravam junto dos seus.

2.

Porque havia o som dos passos de Maria Ema, a mulher de Custódio, passos de borracha pela manhã e sola pela tarde, mas agora que seu cunhado tinha voltado, ela usava saltos altos. Ouviam-se pela casa, a pisar os ladrilhos, a roçar as capachas e a bater nas madeiras. Adivinhava-se o vestido rodado por cima dos sapatos, as suas pernas brancas, a cintura estreita, andando. Eram os passos dela, na casa grande de Valmares, uma casa suficientemente distante do Atlântico para não se ouvir a rebentação durante a tempestade, mas não tão longe que o salitre da poeira das ondas não lhe atingisse a fachada. Eram os passos dela, diferentes dos outros. Mas também os dele, os de Walter, se distinguiam.

Walter Dias havia voltado um mês atrás, e tinha trazido bons sapatos de pele de búfalo. A maciez do aviamento reduzia o impacte sobre o solo, mas não lhe retirava o chiado, uma espécie de espuma que se comprimia sob os pés de Walter, quando passava pelo corredor vazio. Todos conheciam os seus passos silenciosos, e no entanto denunciadores, suaves como uma respiração e presentes como um bafo. Os filhos de Maria Ema gritavam, mal ele punha os pés no portal – "Aí vem ele!" Todos davam pela sua entrada e pela sua saída. Então era melhor, naquela noite, que o dono das passadas de espuma parasse junto do patamar e se prevenisse. Walter Dias entrou sem bater, encostado à porta acabada de fechar, trancando os seus próprios lábios com a mão – "Por favor, não grites..." Disse ele, na noite em que visitou a filha, pois afinal ela esperava-o, mas não acreditara que pudesse acontecer. E só depois ele se sentou numa cadeira, se calçou e pegou no candeeiro, levantou o registo até a base da combustão ficar verde, e aproximou a chama em forma de pétala de papoila, diante da sua face. Aproximou-a como se o bojo iluminado fosse uma lente, e pôs-se a olhá-la, a observá-la de frente e de lado, enquanto a chuva forte lutava contra as janelas de vidro.

3.

Sim, naquela noite, com o candeeiro levantado à altura dos cabelos dela, a chuva ia e vinha ensopando a terra quente e árida, parente do deserto, a chama acendida, alta, tremida, em frente dos seus olhos, o cheiro do petróleo queimado a espalhar-se pelo quarto, e num intervalo da chuva, começou a ouvir-se a passada inconfundível de Custódio Dias. Eram os seus passos mancos. Rompiam do fundo, do lado poente da casa, avançavam pelo corredor cercado de portas altas, transpunham o transepto onde quatro delas se uniam, e então Custódio parou junto do patamar e chamou – "Anda alguém aí em cima?"

O candeeiro encontrava-se então no registo mínimo, a chama era um pirilampo parado atrás do vidro, e Walter Dias ainda a protegia com as mãos, sustendo a respiração, imóvel, com os joelhos flectidos como se fosse atacar ou defender-se, e ela, que ainda não se havia movido do lugar onde ele a fora encontrar, quis fazer alguma coisa contra aqueles passos, procurando dentro da sua cabeça uma ideia ou um acto que pudesse contrariar o sentido do perigo. Ainda por cima, tinha a certeza de que não fora Walter quem havia subido, mas ela em pensamento é que o havia chamado, e por isso, se Custódio os encontrasse ali, escondidos no quarto, seria ela a responsável por alguma coisa de grave que iria acontecer, numa altura em que se respirava uma felicidade efusiva, como nunca antes tinha acontecido na casa de Valmares. Na verdade, Custódio Dias começou a subir a escada com a lanterna de algibeira apontada à porta, porque a luz do foco luminoso entrava pela soleira e espalhava-se pelo chão do quarto, mas o filho mais velho de Francisco Dias parou a meio do lance e chamou de novo – "Quem está aí em cima?" E depois fez-se um silêncio que não terminava mais, até que por fim ele se virou no degrau e começou a descer. Os passos inconfundíveis de Custódio Dias percorreram a escada, desapareceram no corredor, foram morrer no quarto poente, onde ele se deitava, nos anos sessenta, com Maria Ema. E a chuva voltou a bater.

Só depois Walter a levou até ao espelho, abriu o armário, lhe segurou no pulso e por fim, como se ali nunca tivesse estado, desapareceu por sua vez no corredor escuro.

4.

Mas esta noite ele não precisa proteger nenhuma luz nem suster a respiração. Se o fizer será por repetição ou por memória duma clandestinidade que não mais se justifica. Agora Walter Dias pode deixar a porta aberta, fazer passadas de sola, ou mesmo passadas de ferro, se fosse caso disso, que poucos se importarão com o nosso laço ou com a nossa vida. Estamos protegidos pelo esquecimento tecido pelo labor dos anos e pela própria harmonia que desceu sobre a união de Maria Ema e Custódio Dias, transformados nos únicos residentes desta casa.

Nas noites de Verão, como se a Lua ou as estrelas fossem máscaras de entidades cínicas que se rissem de longe, marido e mulher ficam embevecidos com a claridade do firmamento, urdindo silêncios cúmplices de admiração. Podem fazê-lo, objectos e seres incómodos encontram-se arrumados dentro das suas caixas e não há ninguém mais para punir, ninguém para matar. Eles sabem, atingiram o ponto de neve das suas vidas. Por vezes as oliveiras ainda branquejam como se sobre as suas copas caísse polvilho de prata, e ambos o comentam, sentados nas cadeiras-de-vento que seus filhos trazem nas horas rápidas em que os visitam. Também trouxeram um renque de guarda-sóis de praia que marido e mulher nunca fecham e à sombra dos quais, mesmo de noite, se sentam.

Aliás, a casa está como foi, os filhos de Maria Ema colaboram, não refazem as paredes, apenas as untam com umas chapadas de tinta, e os dois, agora de mão dada, fazem parte dos muros em torno dos quais existe um plano de conservação prática. Existe o projecto de que a fachada e o pátio sejam refeitos e pintados e também a ideia de que o bulldozer há-de escavar uma piscina azul, em forma de pegada humana, no sítio onde antigamente Francisco Dias guardava o estrume. Aí, talvez as figueiras cinzentas sejam abatidas, e no lugar dos seus pés se ergam palmeiras adultas donde penderão brancas redes de balanço. Será necessário apagar da calçada a sombra dos velhos animais e tornar a rua um lugar aprazível. Por dentro, porém, manter-se-ão as traves, o corrimão, a escada, a porta do quarto do primeiro andar, o seu manípulo, o seu limiar e o seu soalho. Talvez a mesma luz e o mesmo som dos passos no tabuado, o mesmo cheiro a sabão e a cera. O mesmo patamar e os mesmos degraus. Assim, Walter Dias poderá caminhar às escuras, ou de olhos fechados, sempre que quiser, que não irá enganar-se. Porém, como na noite dos passos e da chuva, desejaria que Walter Dias subisse ao quarto da filha, sorridente, como era seu hábito, e que o fizesse apenas para a visitar.

Porque houve um momento, naquela noite de sessenta e três, em que Walter ficou suspenso, no meio do quarto, e com o candeeiro erguido e a chama do petróleo oscilando, lhe disse – "Sei muito bem que te troquei pela Índia, e afinal a Índia não te merecia, nem a viagem para lá e para cá te merecia. Compreendes?" E aí ela ficou tão surpreendida que não podia falar nem pensar fosse o que fosse, presa que estava de perplexidade. Parecia-lhe impossível que Walter Dias, vindo de tão longe, tivesse entrado no seu quarto, de sapatos na mão como um assaltante, e fosse afinal para lhe pedir desculpa por um facto que ela guardava para si mesma como uma dádiva. – "A Índia não te merecia" – dizia ele, naquele instante, como se não sentisse alegria por se encontrar ali.

5.

Era antes de os passos de Custódio Dias subirem até ao meio da escada, e a chama do candeeiro ainda estava alta. A chuva ia e vinha como uma cortina que ora se fecha ora se esgarça, e ele acrescentou, com o candeeiro levantado e os olhos cravados nos dela – "Nunca te dei nada". E ela continuava completamente surpreendida, pois sabia que não era assim, e quis mostrar como não era assim, como estava rodeada de objectos e seres deixados por ele, imagens, ideias e fundamentos, tecidos e desenhos, os suficientes e adequados, provenientes dele, e se tinha desejado aquele encontro, era só para lhe explicar como vivia com ele, na ausência dele, por tudo isso que possuía. Queria dizer-lhe que não lhe devia nada, pelo contrário, que tudo estava certo como uma conta de multiplicar bem contada, que até ao fim da lógica e dos séculos sempre resiste à mesma prova real. Mas nessa noite era impossível explicar, pois talvez ela não tivesse as palavras, ou tivesse mas não as soubesse unir, ou pelo menos assim acontecia, naquele momento de surpresa em que ele a visitava. No fundo, encontrava-se assombrada por essa declaração, e parecia-lhe estranho que ele corresse tão grande risco só para lhe colocar a luz do candeeiro junto do rosto e dizer-lhe que se encontrava em falta. Que ideia absurda era essa de que nunca lhe tinha dado nada?

E isso ela conseguia pensar, mas não dizer.

Na verdade, quando os passos de Custódio se extinguiram, Walter de novo levantou a chama e começou a fazer promessas duma fortuna que lhe queria preparar, uma maravilhosa herança da qual fariam parte estradas largas, aeroportos, universidades com colunas dóricas e inscrições em grego, um mundo de dólares, de negócios e de viagens. E haveria de lhe mostrar os pássaros de que mais gostava, o som deles todos juntos, se um dia passassem, por exemplo, no Canal do Panamá. Ele gostava de pássaros dos países quentes, embora para viver e fazer dinheiro preferisse os frios. Por alguma razão havia começado pela Índia e agora encontrava-se radicado num país de neve. Precisamente, dizia ele, iria levá-la para uma zona fria, mas depois, desceriam, de vez em quando, pois não ficaria sossegado, enquanto não levasse a filha a avistar, a partir de Hudson River, o corpo da Liberty. Ela haveria de lá chegar com ele, se Deus quisesse. E a terra livre, e o comércio livre e o amor livre, se Deus quisesse, tudo isso ele lhe queria oferecer. "Tu vais ver como te pago o que te devo" – dizia Walter Dias, na noite de Inverno de sessenta e três, quando o petróleo começava a descer no bojo do vidro.

Ela lembra-se dessa passagem da noite, do modo enérgico como se lhe dirigia – "Imaginas? Um turco começou a chorar no convés quando avistou a Liberty. Eu também. Vais sentir o mesmo que o turco..." – E aí já se tinha tornado claro que o combustível não iria durar até de madrugada. Então como era possível que se pudesse continuar, quando se percebia que não iria haver mais nenhuma noite? – Só dispúnhamos de uma única, aquela noite de chuva, e termos a certeza de que estávamos a correr dentro dela, sem a podermos repetir, impedia-nos de a viver. Mas esta noite está rente a essa noite, e ambas são contíguas como se fossem só uma, fechadas entre o sol-posto e o amanhecer. A quem interessa o longo dia que ficou de permeio?

6.

Na verdade, como naquela noite, Walter sobe com os sapatos na mão, a gabardina clara por cima do fato escuro, e entra, mas não fecha a porta, não se calça, não pega em nenhuma luz, não se senta nem se levanta. Fica imóvel no limiar, como se intimidado, o que é injusto, pois vem pedir desculpa quando nem sequer teria de se justificar. Não precisa. O objecto que enviou pelo correio a partir de Corrientes de Arena foi tudo o que quis que fosse, acrescido da obra do acaso. Não tem de se repetir nem de ficar parado. Walter Dias vem reiterar as palavras escritas por seu próprio punho, com sua inconfundível letra inclinada para diante – *Deixo à minha sobrinha, por única herança, esta manta de soldado.* E no canto superior direito do cartão de visita, um pequeno desenho de pássaro.

Um desenho, não, antes um esboço, um selo, apenas uma espécie de marca, os traços fundamentais da silhueta dum pássaro. Um esboço de ave atravessa-pátrias, talvez um cruzamento híbrido de tarambola e andorinha do Árctico. Talvez a forma dum bicho que nem exista. O cartão protegido pelas dobras do embrulho. Pois o que ele enviou foi a sua antiga manta de caserna, dois metros quadrados de fazenda grossa, debruados a linha parda.

O que não teria qualquer importância, se acaso não tivesse sido enviada por ele e se a manta não estivesse conservada e limpa, a ponto de se poder distinguir, num dos cantos, a insígnia do Regimento de Infantaria 16. Vê-se que a manta pertenceu ao recruta 687 de 45, condutor-auto, de nome Walter Glória Dias, conhecido pelo assobio, pelo andar e pelos animais que desenhava, pela designação de soldado Walter. Ela recebeu-a esta manhã mesmo e estendeu-a no soalho deste quarto. Mas na superfície do cartão, como disse, ele escreveu aquele recado com cautela, a mesma cautela clandestina que o fez subir descalço ao quarto onde dormia a filha.

Aliás, naquela mesma noite, a manta não se via, mas encontrava-se presente. Ele mesmo disse, depois do desaparecimento dos passos de Custódio Dias, no momento em que a chama já estava de novo alta e a chuva caía mansa – "Ah, o que não te terão contado!" Ele ria, estava quase sempre a rir – "Aposto que te falaram dum estroina com a alcunha de soldado e duma manta que usava por colchão para desenhar pássaros. O que não te terão dito sobre essa manta e sobre esses pássaros... Falaram-te de mim como um trafulha, um trotamundos, um atravessa-mares. Aposto que te envenenaram. O que sabes tu sobre isso?" Por momentos, a sua cara perdia a alegria e era tomado por uma espécie de ira que o toldava, fazendo-lhe os olhos brancos – "Diz-me, repete o que te disseram eles. Diz-me a verdade..."

Mas ela não sabia o que eles tinham dito, porque sempre havia transformado o que escutava, e por isso não era possível explicar a Walter Dias, mesmo que ele o exigisse e ela quisesse ir ao encontro da sua exigência, porque não tinha entre mãos a distância entre o que lhe contavam e aquilo que ouvia. E mesmo assim, só para resumir o que sabia, e que era tão pouco, ela não dispunha de tempo, porque o petróleo esgotava-se e o vidro da luz escurecia. Só o que poderia dizer é que tudo o que se relacionava com ele era bom, e que tudo quanto de bom amealhara não poderia ser exposto naquela curta passagem da noite, não caberia, enquanto palavras, naquela hora vigiada pela poderosa mão da chuva. Não valia a pena iniciar. Para quê gastar aquele tempo, estando Walter ali tão próximo, para dizer, por exemplo, que desde sempre soubera que Maria Ema havia sido mulher de dois homens, e que Francisco Dias era seu avô duas vezes? Que sempre tinha sabido da existência duma ambiguidade, uma duplicação, resultante duma entidade dupla, unida lá atrás, na pré-história das suas vidas?

Naturalmente que ela sabia que não eram verdadeiros irmãos os seus três irmãos, os filhos de Maria Ema e Custódio Dias. Sabia que os seus irmãos também eram seus primos, que o mesmo sangue que os unia os separava. E tinha conhecimento de que em todos os documentos de identificação havia uma mentira, mas ela colaborava com a mentira, porque da ambiguidade surgiam acontecimentos férteis e calorosos como se nascessem de verdades. Como se a fertilidade e a alegria despontassem em terrenos distintos das margens rectas do verdadeiro e do falso. Lembrava-se de momentos bons, inesquecíveis, relacionados com o encobrimento e a mentira, como aquele em que Fernandes, o marido de Adelina Dias, lhe ensinara a letra W.

Não o recordava a ele, mas à sua mão de aprendiz de electricista e à sua voz sobre o ombro, a dizer – "Faz dois Vês sobrepostos, unidos pelas bases, direitos, rente à linha... Faz, faz." A voz baixa de Fernandes, a mão ágil de Fernandes traçando ela mesma o W. – "E agora faz com a tua letra – Walter Glória Dias..." Ele mesmo desenhava a letra na folha branca. E esse fora um dia bom, uma tarde quente, quando ainda havia galinhas aos bandos e as crianças eram encarregadas de as enxotar do pátio com umas canas compridas. E nem o facto de nessa tarde aquelas aves terem invadido o pátio e desenterrado as flores, espalhando o adubo, nem esse facto adverso conseguira reduzir a alegria que consistia em desenhar aqueles dois Vês que pareciam um M que flutuasse de cabeça para baixo, ou dois Vês que voassem de asas para cima. A partir dessa tarde, a filha de Walter possuía uma letra nova, a vigésima quarta, aquela sobre a qual não podia falar porque a voz do Fernandes lho impedia. – "Faz W, W de Walter mas também de Watt, aprende-se isso na Electricidade..." – dizia ele, deslocado na casa de Valmares. Até que se foi embora, na primeira leva, deixando-lhe para sempre a letra clandestina.

E tudo isso ela teria conseguido explicar se tivesse tempo, se dispusesse duma parte substancial da noite, e até conseguiria fazê-lo de forma razoável, uma vez que havia resumido contos e fábulas a fio, tendo mesmo começado a condensar passagens d'*A Ilíada*, a decorar frases inteiras – "*Parte, vai, Sonho pernicioso, até às finas naus dos Aqueus. Quando estiveres na tenda do atrida Agamémnon, fala exactamente como eu te ensino sem omitir um único pormenor, parte.*" Quereria ela dizer em voz alta para Walter Dias ouvir. Mas como não conseguia recitar nem resumir o que era incapaz de recitar, por causa do tempo que se escoava, ele pôde repetir várias vezes, sem obter resposta – "Diz-me o que te disseram eles, o que te contaram, o que sabes tu sobre nós os dois!" E depois, segurando o candeeiro, direito, levantado à altura do ombro, ele disse – "Que montanha de coisas que te não dei!" Disse Walter Dias, com a gabardina branca vestida, molhada nos ombros e na aba, prova de que não poderia permanecer ali, que não dispúnhamos de tempo.

7.

Mas uma hora antes, ou apenas uns minutos antes, Walter começara a fazer promessas em voz baixa, tão baixa que a maior parte das palavras se perdia, embora não tivesse importância alguma que se perdesse. Aliás, as promessas feitas por Walter nessa noite tornaram-se inesquecíveis, porque o pesò da água nas telhas retirava-lhes a inteligibilidade mas acrescentava-lhes uma batida de música à medida que criavam cor e velocidade entre os olhos e os lábios de Walter. E no entanto, ele não precisava dizer de modo nenhum, como dizia – "Caramba, que montanha de coisas que não te dei!" E prometia, prometia. E como já disse, ela ouvia as palavras que constituíam as promessas mas não elas mesmas, pois o prometido não lhe interessava. Não lhe interessava que ele lhe dissesse o que dizia, como se tivesse entre as abas da gabardina, no meio do peito, uma caixa donde lhe saíam essas palavras estranhas – "Tanto que te devo!"

E só para o sossegar, ela quereria ter-se despregado da tábua da cama onde permanecia encostada, para se dirigir à gaveta da mesa onde guardava os desenhos e folheá-los, para ele mesmo poder ver com os seus próprios olhos o que lhe tinha dado sem ter prometido. Pois como poderia Walter dever-lhe fosse o que fosse, se possuía dentro do quarto o *Álbum dos Pássaros* de Walter Dias? Se o álbum se tinha avolumado, sob a sua vigilância, e se sentia possuidora única de todos os seus desenhos? Walter não conhecia o percurso. Ele enviava-os ao irmão Custódio como se fossem para ele, sendo para Maria Ema, e quando Maria Ema os esgotava e se desprendia de cada um deles, os desenhos passavam a pertencer à filha de Walter. O álbum fora-se formando lentamente, irregularmente, num processo de paciência semelhante ao crescimento da árvore, aos lentos frutos da árvore pelos quais se espera. E isso ela deveria ter explicado a Walter, naquela noite, para que não precisasse mover os lábios de tantas promessas. Ela quereria que ele os tivesse quietos, talvez imóveis, talvez unidos, que os deixasse contemplá-los sem fala, mudos como a superfície molhada da gabardina, tal como tinha imaginado antes de o ter feito subir. Mas não podia.

Queria dizer-lhe que em Valmares o carteiro passava de bicicleta a pedal, e de vez em quando entregava uma carta de Walter dirigida ao irmão mais velho, e que Francisco Dias declarava, sentando-se à mesa de castanho –"Chegou uma carta do trotamundos! Podes começar a ler essa carta..." Por vezes algum dos outros irmãos ainda escutava a abertura, mas eram tantos em volta da mesa, cada um com o sentido em seu objecto e sua comida, que ninguém ouvia. Custódio lia-a apenas para o pai, que repetia as frases dignas de troça ou de raiva. Só depois de terminar a leitura em voz alta, ele passava à mulher o desenho do pássaro que acompanhava a carta.

Sim, eu era testemunha de que Maria Ema lia as cartas diante das janelas, via os desenhos e ficava com eles, mas em seguida devolvia-os, e quem os recebia amontoava-os junto à correspondência, sobre a cómoda do corredor. A pouco a pouco, o monte dos desenhos transformava-se num molho de folhas soltas, unidas por uma capa, a que os irmãos viriam a chamar *O Álbum dos Pássaros Dela*. Em pé, diante da cómoda das cartas, ela estudava os desenhos. O cuco da Índia, a íbis de Sofala, o beija-flor das Antilhas ou o ganso do Labrador encontravam-se lá, à disposição de todos, embora fossem só seus. Um direito conquistado pelo uso, pois sem que ninguém lho tivesse expressamente transmitido, o álbum que todos podiam folhear pertencia-lhe. Mesmo que todos lhe tocassem, ela sentia-se a herdeira universal dos desenhos de Walter. Esperava por eles, olhando-os de longe, folheando-os na ausência dos outros, copiando-os, fugindo com eles para lugares seguros. Repondo-os, em seguida, no sítio devido, com discrição, para que ninguém visse. Recolocando-os na capa, folha sobre folha, até que o álbum se tinha transformado num objecto tão comum, que o facto de o ter arrecadado pareceu um destino inevitável para os desenhos dos pássaros. Ora quem os mandava era Walter, e ela tinha-os ali, ao alcance da mão, na noite da chuva – Então como poderia ele mesmo continuar a dizer que nunca lhe dera nada?

Por isso, se as caleiras não estivessem podres e as telhas desviadas, e a água não gemesse numa corrida ora serena ora arrebatada, ela teria aberto a gaveta da sua mesa e teria mostrado como tratava dos desenhos dos pássaros, para que ele percebesse por que razão ela se admirava tanto das promessas sem fim que lhe lia no movimento da boca. Pois que promessas se tornavam necessárias naquela noite em que ela o atraíra com a força do pensamento, e ele obedecera, e aparecera descalço, com os sapatos na mão? – "Por favor, não fales. Não te movas. Ouve-me!" – tinha ele dito.

Não, não precisava pedir desculpa, ela não o tinha chamado para nada de semelhante. Ela tinha muito, possuía tudo o que se podia desejar. Se aquela noite se repetisse, ela poderia contar-lhe como se lembrava do seu regresso da Índia, e da forma como conservara esse regresso, um filme mais importante do que *O Anjo Azul* ou que *Ana Karenina*, muito mais importante do que todos os filmes que tinha visto. – O filme de Walter Dias. Ela quereria ter dito que tinha quinze anos, mas que estava habituada a pôr o filme de Walter a rodar, sempre que desejava, estivesse onde estivesse, e que ele sempre lhe aparecia, tal qual como era agora, e tal qual como fora antes, e esse filme era uma herança imaterial, invisível para os demais, mas concreto para si, um filme onde ninguém entrava nem saía que não fosse por vontade dela. Um filme feito sobre a aparição de Walter.

Quereria ter-lhe explicado como herdara a sua aparição em Valmares, quando a casa albergava ainda intacta a brigada dos cultivadores da terra que depois tinham abalado. Quando a casa ainda estava ocupada pelos irmãos Dias, saltando para cima dos carros de madeira, indistintos, calados, tensos, sentados à mesa, e a presença de Walter em alguns dos cantos da casa a havia preenchido – Tinha ficado com a imagem da sua figura sobre os ladrilhos, de frente, de costas, junto à mesa, no meio deles e, depois, sozinho, unido à charrete. Herdara esse movimento, por aqui, por ali, fixo, andando, sem narrativa própria, e no entanto repetido e persistente. Possuía-o gravado, na noite em que Walter subiu às escuras, e depois entrou e segurou no candeeiro e aproximou-se da filha. – "Não grites!" – tinha ele dito, a princípio. – "Não te movas".

8.

Não, não se moveria, ficaria encostada à tábua alta da cama, e no entanto quereria agradecer-lhe por ter entrado, em cinquenta e um, pelo portão largo, ter entrado na casa dos irmãos, da irmã e das cunhadas, a casa onde morava Maria Ema e a filha pequena a quem Walter trataria por sobrinha, e ele, vestido de caqui, torrado do sol de Goa e da viagem, dentes brancos, cabelos encaracolados, compridos, próprio de quem usufruíra dum benefício militar, a entrar no portal da casa do pai.

O soldado transformara-se em furriel e estava chegando, depois de fazer a Rota do Cabo e ter conhecido metade do mundo. Os cães saltavam-lhe ao peito. A família estava à espera, de forma muito diferente dos cães. Ao fundo da mesa encontrava-se Maria Ema, casada com Custódio Dias, e por certo que se encontraria a filha. Era o tempo da grande esperança de Francisco Dias, da grande azáfama rural. Estavam almoçando à pressa, e não era preciso olhar para a alegria dos cães para se saber que Walter Dias estava a mais na empresa familiar, concebida poupadamente, à semelhança dum severo estado. O próprio Walter Dias deveria perceber que voltava por engano. A sua terra já não era esta. Os pássaros marinhos de que falava não eram reconhecidos pelos seus irmãos, concentrados nos afazeres árduos dos campos. As propriedades de Francisco Dias estavam tornando os filhos pessoas reservadas, severas, calosas, como as palmas das suas mãos. Walter ainda nem abrira as malas de latão e já percebera que estava a mais, que todos queriam que partisse de novo. Mas não valeria a pena apressarem-se nem puxarem por facas, Walter partiria de moto próprio. Via-se-lhe no rosto. E era a imagem desse rosto, ampliando-se e afastando a imagem dos outros rostos, que ela queria agradecer e não podia.

Em cinquenta e um, Walter estava calçado e vestido de caqui, andando pela casa de Valmares como um explorador de floresta, e mostrava o equipamento que o comandante do RI-16 lhe dera três anos antes, por certos serviços prestados. Os pratos dos irmãos foram arredados e, sobre a mesa, Walter colocou, para além das botas, do lenço, da farda e do biva-que, que por lei lhe pertenciam, um capote e um cinturão de que deveria ter dado baixa, e ainda mostrou um revólver. Um revólver Smith que o comandante lhe dera para protec-ção pessoal. Rodava-o no dedo e punha-o sobre a mesa, a rir. Mas nada disso teria importância se Walter, em vez de se dirigir à irmã Adelina ou a Alexandrina, não tivesse pedido à cunhada que fosse ela mesma a arrumar o equipamento num local muito especial da casa. "Num bom lugar muito, muito especial, está bem?" – tinha ele pedido a Maria Ema. Todos os irmãos estavam perfilados em volta da mesa, severos como numa ceia de Cristo, em que o Cristo não existe, só existe o traidor. E Adelina Dias não se conteve e chamou – "Paizinho, venha cá! Walter está a meter-se, diante de todos, com a pró-pria cunhada!" Constava do filme de cinquenta e um.

Então os irmãos, resguardando Custódio, Maria Ema e a criança, perguntaram a Walter se tinha dinheiro para sair de Valmares. Se não tivesse, seria um grave problema. Mas a inteligência dos filhos de Francisco Dias estava enrolada dentro dos crânios e de vez em quando exibia-se no esplendor da sua densidade. O raciocínio deles era complexo e denso – "Se é preciso fazer um esforço para ficarmos em paz, temos de fazer o esforço!" Um grande esforço, haveriam de fazer esse esforço. Com enorme esforço, cada um dos Dias arrancaria um conto de réis das poupanças que amontoavam nas algibeiras das calças de fazenda, o que multiplicado por sete faria uma soma capaz de transportar o irmão mais novo até ao fim do mundo. Os Dias faziam as contas de cabeça, puxando para fora apenas uma pequena ponta da sua inteligência. Sim, estava combinado entre eles.

Mas a lembrança desse acto não terminava ali – Walter tinha levado a mão à algibeira da sua jaleca amarela, batera na algibeira, afagara-a, retirara um maço de notas, mostrara as notas, contando-as uma a uma, entre os pratos, fizera um monte de notas no meio da mesa, dizendo que não precisava do dinheiro deles, nem dos podengos deles, que só vinha a casa para trazer o fardamento, porque ele, ele mesmo, só desejava partir. Ele ria, sempre ria. O que sabiam os irmãos sobre a vida? Na Austrália, um bom camionista que se afoitasse nas estradas de areia e conhecesse os Land Rovers, faria mais dinheiro num só ano do que cavando uma vida inteira nas estreitas campinas de Valmares. E ele nem precisava afoitar-se pelo interior, ele sabia como ganhar rente às costas. Além disso, viajando, conheciam-se outras espécies de pássaros – tinha ele dito. – "Pássaros? Paizinho! Ele está a dizer que ganhou aquele dinheiro pintando pássaros!" – tinha gritado Adelina. – "Foi com pássaros que ganhaste esse dinheiro?" – perguntou um dos Dias, um qualquer entre eles. Porque todos riam, à volta da mesa. Riam ruralmente, riam até chorar de rir, as caras jovens dos Dias, curtidas. Riam. É um dia de Primavera alta em Valmares, uma imagem recortada no calor dum tempo seguro – ele, a mesa, o monte de notas, os irmãos desvanecidos de riso, em torno da mesa. Sobre ela estão os objectos que hão-de ser parte da herança material da filha, ainda intactos. Sob o braço esquerdo, Walter mantém enrolada a sua manta de soldado, nesse tempo de cinquenta e um. Adelina ainda disse, gritando de novo – "Paizinho! Ele não se emendou, ele leva a manta debaixo do braço!"

Depois Walter anda, caminha pela casa demasiado povoada. Não se percebe como um furriel desenhador de pássaros encontrou aquele dinheiro, a não ser por mercancia. Todos suspeitam que a síntese das actividades de Walter Dias se processa duma forma obscura, mas ninguém pode provar. O que se disse mais tarde é que ele usava a manta para fins diferentes, que nada tinham a ver com desenhos de pássaros. E aí todos riam. Disse-se que sempre a usou. Disse-se, principalmente, que a usou com abundância, em Valmares, enquanto o *High-Monarch* não o levou de Londres para a Austrália, e desse Continente, tão grande que afinal o aprisionava, retomou a rota do Atlântico num outro barco. Mas antes, também se disse que certa tarde Maria Ema vestiu a filha com um bibe de bordado inglês. Disse-se que Walter queria levar na charrete a filha de Maria Ema, no que fora impedido pela família Dias. Disse-se que um cavador de enxada é que dera o alarme de que Walter ia levá-la consigo, apertada no seu joelho. Disse-se que a criança fora retirada de cima dos varais pela mão do próprio Francisco Dias, com o carro já em andamento. Explicou-se, com eloquência, como a criança fora arrancada dos varais do carro, ao som dos brados de Francisco Dias – "Pára! Pára aí, estroina!" – atroando pela campina. Mas disso não me recordo. Lembrar-me propriamente, só me lembrarei de ter sido erguida por ele, no momento da fotografia, quando ambos juntávamos as cabeças, e salvo as idades e as proporções, parecíamos iguais.

Mas não lho podia dizer.

9.

Aliás, naquela noite de chuva, ele disse – "Não grites, não te movas!" E como ela continuasse pregada à tábua da cama, mesmo enquanto as promessas dele surgiam em forma de torrente, e ele queria que ela respondesse e dissesse que sim, que aceitava, e ela não dizia nada, aprisionada pelo movimento dos lábios de Walter, onde ele de momento a momento levava um cigarro sem o acender, ele pegou-lhe na mão e conduziu-a pelo quarto fora até ao psiché desirmanado. – "Não tenhas medo, vem..." – disse ele.

O espelho era alto, entalado entre duas fiadas de gavetas, um móvel arte-nova desligado do armário e da cama. Estava suspenso, entre duas volutas perpendiculares, concebidas para nele se reflectir um candeeiro a petróleo. Tinha vindo dos anos trinta até ali, congelado na estranheza da sua forma, de propósito para que naquela noite de chuva Walter Dias e ela ficassem reflectidos. Mas era difícil iluminar os dois rostos ao mesmo tempo, porque a chama fugia, era levada por uma aragem qualquer que soprava entre as telhas. Então ele disse-lhe – "Repara no que ali está!" E aproximando-se dela, tentou que os dois entrassem na cercadura do espelho. – "Repara, repara!" – dizia ele, levantando a voz, tornando perigosa a noite, fazendo-a sentir-se criminosa pelo risco que todos corriam. Mas o que surpreendia é que ele falasse como se não soubesse que se tratava dum momento que se repetia. – "Meu Deus, como nos parecemos!" – dizia Walter, rodando o vidro do candeeiro, ignorando a fotografia que havia deixado a Maria Ema. Melhor dizendo, era como se Walter se tivesse esquecido de tudo o que lhe tinha deixado, pois para além das fotografias posteriores, tiradas de Kodak, às abas das piteiras, em que as imagens, de diminutas, assemelhavam os fotografados a ninhadas mortas ou os tornavam indistintos como grupos de formigas, anterior a todos esses retratos, tinha havido a única, a verdadeira fotografia. E naquela noite, ele parecia não se lembrar. – "Como nos parecemos!" – dizia ainda.

A fotografia era de tamanho postal, cor castanha, e nela a criança encontrava-se ao colo de Walter, amparados ambos pelos braços duma cadeira de espalda, mas Maria Ema escondia-a para que ninguém soubesse onde se encontrava. Na casa de Valmares, ela soterrava a fotografia para só de vez em quando a fazer flutuar entre loiças e dobras de roupas brancas, fazê-la sair dos forros dos quadros com pinturas flamengas pendurados junto aos tectos, suspensos por arames, inclinados para o centro da sala, para o meio da mesa, como se fossem saltar-nos para cima. Nos anos cinquenta, ela escondia-a no verso desses quadros. Mudava de quadro, mudava o quadro de lugar. E aos sábados de tarde, subia a cadeiras que punha sobre escadotes, para fazer emergir a fotografia das costas dos quadros oblíquos, mostrando-lhe como estava sentada ao colo do tio. – "O tio Walter Dias!" – dizia Maria Ema. E a criança colaborava com esse segredo, esses esconderijos onde a fotografia tinha de recolher entre a multidão que as cercava.

10.

Contudo, o que importava naquela noite não era o encobrimento nem a dissimulação de Maria Ema, era a existência duma fotografia em que o soldado Walter já não vestia de soldado, vestia de linho, e a criança estava rente a ele, dentro dos braços dele, dirigidos para a máquina posta sobre o tripé como a barriga duma ave pernalta, a olharem para um ponto fixo com os mesmos olhos claros. Quem os amasse diria que eram olhos de anjo, a quem fossem hostis pareceriam de gato. Adelina Dias escreveria mais tarde que era um olhar de chita. Mas essas transfigurações pessoais não eram importantes. Pouco importava a família animal ou angélica a que pertenciam. Os anjos sempre teriam tido saudade da noite em que foram animais, e as bestas sempre hão-de sonhar com o dia fulgurante em que terão caçado a criação inteira, na sua efígie de anjos. Não havia solução para essa dupla saudade. O que importava é que ambos tinham os olhares de espécie indefinida unidos na mesma direcção, e durante os anos que antecederam a visita de Walter, naquela noite de chuva, ela sempre imaginou que o seu corpo teria ficado perto do seu corpo, e a sua face ter-se-ia encostado à sua face, e durante um instante – mais que não fosse, pelo menos o instante da fotografia – teria sido envolvida pelo seu perfume de homem, e ela ter-lhe-ia contaminado o seu bafo azedo de criança. E era isso que ela queria dizer a Walter Dias, naquela noite condensada, em que alguma coisa de fundamental se repetia, diante do espelho, mas não tinha palavras, não tinha tempo, não podia. Ele, de candeeiro levantado diante da gabardina molhada, e ela a seu lado, coberta pela colcha, encontravam-se juntos. – "Por favor, repara no que está diante de nós!" – dizia ele, unindo as cabeças em frente do espelho, e a água a passar na telha, a cair na calçada, a tornar possível aquele encontro. A repetir-se o que tinha acontecido, doze anos antes, no dia da fotografia. Sim, ela sabia o que estava diante deles.

Também na fotografia eles tinham o mesmo cabelo crespo e as cabeças estavam unidas. Ela não sabia como tinham entrado no fotógrafo Matos, nem como haviam chegado a Faro, nem era capaz de reconstituir a estrada por onde a charrete havia passado, nem a linha do caminho-de-ferro que atravessava a campina. Apenas tinha a ideia da Estação de Caminho-de-Ferro, com seu xadrez na parede, com suas faias altas, e dos sopros do comboio quando arrancaram, os estampidos do vapor contra a paisagem quente. De resto, não sabia como tinham ido nem como haviam voltado, como tinham escapado à vigilância de Francisco Dias e da multidão dos seus filhos. Supunha que Maria Ema teria ido também, que ela tê-los-ia acompanhado, e os três terão fugido na charrete, passando num caminho estreito, ladeado de trigos secos. Só depois terão tomado o comboio. Mas nada disso interessava, diante do espelho apertado naquele móvel. Importava que, por um dia, em cinquenta e um, os três tinham estado juntos. Não era, portanto, para a máquina que os dois olhavam, era para quem lhes servia de companhia – Maria Ema Baptista, colocada ao lado da máquina, e a cabeça da máquina coberta por um pano preto, atrás do qual o fotógrafo esperava de ambos uma proeza que não passaria duma imagem. Mas ela não sabia se guardava a lembrança do instante, se o próprio instante era uma invenção criada a partir da imagem. Sabia que conservava o tacto da face de Walter, no momento em que ele a erguia ao colo e a máquina disparava a primeira chapa. Os dois abraçados sob um rápido esplendor, sob um assomo de batida na porta duma instantânea eternidade. A segurança de que, mesmo que o clarão fosse uma tempestade, estariam unidos. E era isso que ela desejava dizer, naquela noite de chuva em que parte da fotografia se estava repetindo no espelho, e não podia.

Esta noite, porém, para que Walter desprenda os olhos do chão e deambule à vontade por este quarto como num cais, um livre cais, deve ser dito que essa foi a imagem que a protegeu, quando depois teve de enfrentar o cão raivoso, o portão fechado, o enigma da Matemática, o escuro da casa, a intimidade do homem, a interpretação d'*A Ilíada*. Quando alguém a chamou do outro lado da noite, e sem que houvesse alguém à espera, ela avançou pela chamada. Correu esse risco, desafiou esse desfiladeiro aberto nas escarpas do nada. Protegeu-a essa imagem, a fotografia de Walter mostrada à pressa, entre almanaques e terrinas, envolvida em papel pardo, metida no fundo de caixas e no forro dos quadros. Depois, muito depois, lembrava-se de a ter visto entre os talheres banhados a prata, quando Custódio Dias já sabia que Walter Dias não haveria de regressar mais. Já os Americanos corriam na direcção da Lua, já ela teria vinte anos, já dormia a sono solto por travesseiros estranhos como eram os bancos dos carros ou a areia das dunas. Ou por outras palavras, já se havia transformado na filha legítima do soldado Walter. Mas isso sucedeu muito tempo depois da noite de chuva.

11.

"Gelada!" – disse ele, conduzindo-a até à cama, colocando-a no meio da cama, embrulhada na colcha. – "Agora fala-me de ti. O que fazes?"

E Walter, iluminado pelo candeeiro que transportava consigo, encaminhou-se para a mesa de trabalho que ali havia, perguntando-lhe se tinha jeito para o desenho. Folheou os cadernos, desempilhou os livros, virou-se para ela e disse-lhe, satisfeito – "Pelo menos tens a letra parecida à minha!" E depois dirigiu-se ao armário da roupa e abriu-o, e ficou a ver, a passar a mão, lentamente pela roupa da filha, onde a luz do candeeiro mal penetrava. E ela via a figura dele, envolvida pela gabardina clara, que sabia estar molhada pela chuva, mas que ele não retirava, e ela queria que ele tivesse retirado, só por um instante, para não ter a ideia de que, ao encontrar-se ali, continuava em viagem, e não conseguia pedir-lhe nada. E ele fechou o armário, com muito mais ruído do que deveria, porque a chuva naquele instante abrandara e as passadas tornavam-se audíveis. Aliás, quando regressava do armário, parecia ter os olhos brancos, e ela teve a ideia de que ele iria assumir as suas passadas largas, tal como eram. E por um instante, ela julgou que ele estava decidido a fazer alguma coisa de tempestivamente ruidoso, um gesto de rotura, um som que acordasse os adormecidos, que fizesse todos saírem das suas camas, os ocupantes do quarto poente, os filhos deles, o avô deles, Francisco Dias, e também Alexandrina e Blé, que fora manajeiro, e ainda três mulas, e um resto de frangos e coelhos que também sairiam dos seus amalhos e viriam, se Walter assumisse os seus passos. O que seria terrível, demasiado terrível, e ela cobriu a cara com as mãos para que não fosse. Mas ele aproximou-se, sentou-se aos pés da cama, depois de os olhos terem recobrado o tom normal, embora as pálpebras estivessem vermelhas e essa cor se alargasse pela face – "Calma, ainda temos tempo! Lá, tu terás um armário só com a tua roupa, e a tua roupa será outra. Será quente, para enfrentares todo aquele frio... Vais ver como a caminho da Universidade as raparigas brincam com a neve, com capuzes de pele enfiados até ao nariz, nem se lhes vêem os olhos..." – disse ele, de novo sorridente.

Mas não era verdade, não tínhamos tempo.

Aliás, ele mesmo agitou o bojo do candeeiro e percebeu que não haveria muito mais tempo, que em breve não tardaria a descalçar os sapatos e a descer pela escada, desaparecendo como uma sombra que ali nem tivesse vindo. "Só que ainda não te dei nada..." – repetiu ele, tentando que o vidro do candeeiro não fizesse nenhum ruído, ao pousar na madeira.

A luz havia voltado ao seu lugar. Também a filha havia voltado ao seu lugar, encostada à tábua. Mas aí ela quis dizer – Espere! E não conseguia dizer. Talvez por achar simples, fácil e enumerável, ela queria enunciar o legado mais palpável que ele lhe deixara, queria dizer como crescera até aos quinze anos acompanhada pelo seu equipamento militar. Porque aí ele compreenderia. Era preciso explicar a Walter Dias, antes que descesse pela escada húmida, como um punhado de trapos e ilhoses podia constituir a pessoa que o envergara, e essa pessoa podia permanecer em casa e fazer companhia, e ser protecção, até que alguma força ou alguém o desfizesse, e mesmo assim, alguma parte do fundamental permanecia. De modo que ele poderia entrar, rir-se, sentar-se onde desejasse sentar-se, não precisando oferecer-lhe absolutamente mais nada. Pelo contrário, ela é que lhe devia.

12.

Isso sim era urgente dizer-lhe, antes que se tornasse insustentável o encontro, que a farda fora encerrada no roupeiro do quarto onde dormia. A geografia do tumulto e do acaso acabara por colocá-la no quarto exacto, aquele quarto, da largura duma sala onde o roupeiro então dançava na parede do fundo. E ela teria enumerado peça a peça, a mochila, as botas, as polainas, a farda, o capote, o bivaque, o cantil, o lenço e o cinturão, o que fora suficiente para Walter ter ficado inteiro dentro do roupeiro. Sobretudo a farda e o bivaque tinham permanecido pendurados no escuro como uma pessoa que esperasse dia e noite uma visita. A filha dormia a uns metros da farda, separada da vista pela porta opaca. Mas a filha sabia onde estava a chave e para que servia. Enfiava-a na ranhura, rodava-a e o corpo do soldado aparecia. Calculava que a sua própria altura mal ultrapassasse o comprimento da manga do capote. Metia-se dentro do roupeiro para se comparar com a manga. Como disse, a filha ia ver esses pertences pendurados, até que a certa altura, sem se saber como, ganharam traça. De repente a traça alojava-se neles como uma colónia voraz, despedaçando-os, e quando Alexandrina percebeu que esses insectos faziam ali o ninho donde emanavam crias para a roupa da casa inteira, capote, farda e bivaque foram trazidos para a rua e mandados enterrar debaixo da nespereira como materiais dum crime. – "É preciso enterrar bem fundo!" – dizia Alexandrina, para que Blé cavasse mais e mais, como se a farda fosse um animal que tivesse carne e apodrecesse. Maria Ema estava presente e tinha deixado que fizessem cair terra sobre a farda. Durante muito tempo, a filha ouvirá as pazadas abaterem-se sobre o pano, o corpo do pano, sem que Maria Ema tivesse dito uma palavra. Depois, num braçado, levaram o resto da herança que Walter lhe tinha deixado.

Espere – Queria ela dizer.
Durante os anos que se seguiram, eles tinham permitido que o tempo fosse desbotando, usando, transformando todos esses objectos em pedaços de coisas espalhadas pelo solo, assimiladas a ele, da mesma cor e substância. Mas ela

queria dizer que havia objectos que não desapareciam, que apenas deixavam de ser matéria e de ter peso para passarem a ser lembrança. Passavam a ser fluido imaterial, a entrar e a sair do corpo imaterial da pessoa, a incorporar-se na circulação do sangue e nas cavernas da memória, para aí ficarem alojados no fundo da vida, persistindo ao lado dela, e naquela noite bastaria aproximar o candeeiro a petróleo do corpo da filha, em camisa, e agasalhada pela colcha, para confirmar como esses objectos se encontravam morando dentro da sua cabeça. Em silêncio, sem palavras disponíveis para o dizer, ela tinha arrecadado os objectos que haviam sido a sua herança, conservando-os inteiros e intactos como escaravelhos no interior duma pirâmide. Se Walter aproximasse o candeeiro da sua testa, veria como ela possuía inteiras as polainas pretas, o cantil de esmalte, o lenço branco, a mochila parda, a farda de flanela cinzenta, o grande capote de lã com a sua manga larga. E era isso que ela quereria dizer-lhe.

Ela deveria ter dito a Walter, de candeeiro ora pousado sobre mesa-de-cabeceira, ora erguido no seu punho, na direcção da sua testa, como se quisesse ver demasiado perto, ou incendiar o que via, que não fora com indiferença que assistira à delapidação dessa parte da sua herança, antes com a impotência própria dos que sabem ser a terra o leito sôfrego daquilo que ela mesma gera. A criança de tenra idade já o sabe, sabe tudo sobre a morte e a vida. Depois esquece. Ela soube-o desde que a mochila de Walter começou a confundir-se com as ervas, junto à parede, no extremo do monte, e sabê-lo através dos objectos de Walter segurava-a a um outro húmus cuja cor desconhecia, mas sabia existir à sua espera, como uma terra boa, pacífica, onde deveria processar-se um descanso formidável. Sabia pelos objectos dispersos de Walter. E ela queria dizer-lho, para que ele deixasse de fazer promessas sobre despesas, poupanças e investimentos, glórias onde existiriam chapéus de borla e capelo como nos mochos das estatuetas sábias, e profissões liberais em mundos liberais, e não conseguia mover a língua, dizer uma palavra que fosse, ela que o havia trazido até ali pela força do seu pensamento. Agora a chuva era suave, caindo mansa, depois dum fustigão de água rija, e foi então que Walter encarou a luz do candeeiro como um perigo.

"Escuta!" – disse ele, baixando o registo até ao limiar da luz.

13.

Ouvia-se a porta do quarto poente fechar-se. Ouvia-se o som dos passos assimétricos irrompendo do fundo. Lentos, indisfarçáveis, como duas asas que rastejassem pelo chão, uma mais volumosa do que outra, mais peluda, mais agarrada à terra, e outra no ar, mais breve, mais leve, ritmada, coisa de relógio, de maquineta, de despertador. Ali vinha andando a regularidade dos passos. E a regularidade parava rente ao patamar. E a voz sobressaltada –"Anda alguém aí em cima?" Agora vinha subindo, degrau sim, degrau sim, os dois pés no mesmo degrau. E logo a luz da lanterna, varrendo o soalho, por baixo da porta, e depois aquele longo momento durante o qual a chama do candeeiro era ocultada pelas mãos de Walter, e aquela eternidade da dúvida, até que Custódio havia começado a descer, a descer, com os passos lentos, poderosos, assimétricos, regulares, escada abaixo, corredor fora, tique, toque, até ao quarto do Poente. Sim, aí dormia ela, Maria Ema. E a filha de Walter Dias, embrulhada na colcha pegajosa da humidade, pegajosa da combustão do petróleo e pegajosa ainda pela consciência da sua vontade, que tudo engendrara, pensou no objecto que escondia sob o colchão, e ainda que não soubesse o que fazer com ele, nem contra quem virá-lo, achou que deveria mostrá-lo a Walter, para que ele compreendesse que poderia ir-se embora em paz, desaparecer por sua vez no corredor, tranquilamente, pois com ela jamais alguma coisa estaria perdida, porque sempre tinha uma protecção que a acompanhava até aos últimos lugares, e por isso ela não precisava da presença dele, nem das promessas dele, nem do risco dele, e pensando nisso, um pouco sonâmbula, meteu a cabeça e o corpo entre os colchões, e retirou lá de dentro um objecto de metal escuro, que colocou diante do candeeiro de Walter.

E porque Walter Dias tinha levantado de novo a chama, e olhava para o objecto que a filha exibia entre as mãos, surpreendido, era natural que durante um instante ele tivesse julgado que ela lho apontava, porque se tratava dum revólver. Era o revólver Smith.

Mas isso não era verdade, não lho apontava.

Ela só queria dizer que ele poderia ir-se embora, em paz com a sua vida e a sua consciência, mais nada. E para que ele visse como estava protegida, ela abriu o tambor da arma e começou a enfiar nas câmaras do cilindro uns objectos de metal, ainda que esse gesto repetido lhe desse a consciência de que deveria parecer ridícula e estúpida, talvez patética como uma cena dos filmes do Danny Kaye. E nesse instante, Walter tomou o pulso da filha para lhe tirar a arma. – "Dá-me isso, tem juízo!" – dizia ele, muito mais alto do que devia, com a chama da luz já esverdeada pela combustão das borras, também muito mais intensa do que devia, atendendo a que alguém, pelo menos, um homem coxo, não deveria dormir naquela casa. E ela engatilhava e desengatilhava a arma, sem cessar, para que ele entendesse que não tinha medo de nada nem de ninguém, pois tratava-se da noite em que conseguia ao mesmo tempo nascer e despedir-se, como a ephemera descrita no livro de Zoologia, capítulo dos insectos, família dos efemerídeos. Até que ele próprio baixou o braço.

"Meu Deus, o que te fizemos!" – disse ele, acalmado, o olhar agora mais escuro. Mas, ou fosse pela determinação dela, ou porque algumas pingueiras dentro de casa começavam a cair e a estoirar, isto é, a cortina de protecção dava sinais de ruir, Walter Dias começou a dizer – "Calma, vamos ter muita calma. Longe daqui, tudo se há-de remediar. Guarda isso onde tem estado. Anda, vem cá!" E ele deitou-a, e cobriu-a com a manta, e afagou-lhe o cabelo, pela primeira vez, pela única, pela última vez na vida. Depois descalçou os sapatos, apagou o morrão e começou a descer. Como ela tinha imaginado, como ela tinha querido, como sucedia no filme por ela mesma rodado, sem ninguém saber, para não ferir, não matar ninguém, clandestinamente visitada por ele. Espere – Queria ainda dizer.

Walter Dias podia descer em paz, como uma sombra cosida com a parede. Deliberadamente, ele permitia agora que ela ficasse com o revólver. Em cinquenta e um tinha-o deixado esquecido antes de sair para tomar assento no *High-Monarch*, tendo-se transformado no objecto mais importante de todos. E durante aqueles anos, ninguém o tinha visto, embora alguns lhe tivessem tocado, fazendo parte dos lugares e objectos invisíveis que existiam dentro da casa. Ninguém se lhe referia, ninguém parecia conferir-lhe importância, à excepção da filha de Walter.

Sim, já nessa altura existiam quartos em Valmares onde apenas habitavam móveis, tão altos e tão escuros que pareciam ter vindo dum local exterior à Terra. Numa casa concebida de raiz para uma família numerosa, não havia camas individuais. Passava-se do berço ornamentado com uma nuvem de organzina para camas que se assemelhavam a plataformas de navios, e sobre a sua superfície as crianças eram assaltadas por sonhos aterradores. As crianças sonhavam que caíam desamparadas, que estavam perdidas entre o ar e a água, entre um outro mar e uma outra terra, e ninguém as poderia salvar, e como julgavam que havia uma salvação ou um acolhimento definitivos, gritavam. Gritavam para que alguém ouvisse. Mas ela não precisava gritar nem chamar porque sempre tinha possuído um lugar que a resguardava e um objecto que a protegia. Ela sabia que entre o colchão de fatana e o de lã existia aquele objecto. O objecto era o revólver Smith que tinha pertencido ao soldado Walter. A filha de Walter encolhia-se, erguia-se, sentava-se sobre o revólver, enfrentando o escuro, salva do terror do escuro que a rondava.

14.

Porque o escuro era um ente.

O escuro levantava-se a partir da linha do comboio, avançava, cercava-a de longe, aproximava-se, caminhava em redor, apertava-lhe o corpo como um lobo faz o cerco, expelia o seu hálito rançoso de lobo contra o corpo da filha de Walter. E a filha, deitada no meio da cama, desta mesma cama, no meio da imensa noite que batia nos confins do mar, ficava parada, esperando que o escuro abrisse a boca, a lambesse com a língua fedorenta e a devorasse pela testa. Encolhida no meio da cama, a filha de Walter oferecia a testa, mas oferecia-a para ficar a saber se a arma de Walter Dias podia ou não disparar contra o poder imundo do escuro. A arma estava sob o seu próprio corpo, ela sentia-lhe o volume entre a superfície da fatana e o colchão de lã. O animal da noite via a arma brilhar debaixo do seu corpo. O animal imundo via em raios X, ele sabia que se encontrava ali a força, o poder de extermínio do escuro e do mal, e o animal nojento da noite que visitava a filha de Walter sabia que se lhe tocasse na testa iria ser exterminado pelo revólver de seu pai.

Então, dum salto, a filha de Walter sentava-se na cama, no meio do escuro, e por si só o revólver, de metal pesado, actuava. O revólver virava-se contra o animal, que rodava em círculo, saía através das paredes da muralha desta casa salitrosa e dispersava-se ao longe, com o berro extraordinário do silêncio, lá ao fundo, fundo, junto às ondas pálidas da praia. A filha enrolava-se sobre o local da arma, enrolava-se como um novelo, uma pequena cachorra de guarda, abraçada à força deixada, por esquecimento do soldado Walter. Espere – Ela sabia e queria dizer-lhe.

Dizer-lhe que nessa altura era populosa a casa de Francisco Dias. Que nela labutavam seis filhos e três noras, uma filha e um genro, três netos, a filha de Maria Ema e de Custódio Dias e seus dois primeiros filhos. Havia uma serviçal, o seu homem, os respectivos filhos, e cinco ou seis trabalhadores contratados à jorna, que amanheciam à porta e eram despedidos se não amanheciam. Que durante as madrugadas desses anos vivia-se um tumulto feito de distribuição de tarefas, mantimentos, rações e fenos, a que se seguiam movimentos humanos, enredados nos movimentos das bestas, dependentes das necessidades delas, semelhantes a gente, em seus amuos, suas fugas, suas partidas tempestuosas em direcções erradas, e quando esses acontecimentos sobrevinham, os filhos de Francisco Dias gritavam com as bestas e discutiam entre si. Mas à parte esses confrontos, era uma irmandade silenciosa, à beira de se separar, embora para Francisco Dias se tratasse duma família unida como nenhuma outra. O dono de Valmares achava que a sua casa era uma empresa sólida, uma unidade de produção à semelhança dum estado, dirigindo-a como um governador poupado gere um estado. Em nome do aforro, da economia, da produção, em nome do futuro, um futuro sério, avarento, unido e indivisível, do qual havia apenas saído um, havia saído Walter.

A unidade de produção dirigida por Francisco Dias acordava duas horas antes do amanhecer. Como num império onde os ouvidos do imperador estão em toda a parte e a sua energia se transmite pela atmosfera, a casa acordava com o acordar de Francisco Dias. – "Levantar!" – bradava ele, em mangas de camisa, lavando a cara, no escuro do pátio, fazendo retinir pela calçada a bacia de cobre, para que se ouvisse até ao último sótão, dando largos passos pela casa, com suas botas de cardas. Ao mesmo tempo, os galos cantavam, a labuta tinha início. À entrada da casa, em frente do mapa-múndi, havia um cartaz com um galo de bico aberto, expelindo uma aurora radiosa. Tudo o que pudesse ser acordado, teria de acordar nas madrugadas de Inverno de cinquenta e três.

15.

Também a filha de Walter acordava com a casa, mas a sua labuta era outra.

Descalça, saltava para o chão, metia a cabeça e o corpo entre os colchões, gatinhava entre eles, esgueirava-se, esticava-se, encontrava a arma. Apanhava-a. Estava embrulhada num pano com nódoas de ferrugem, e junto dela, havia três objectos amarelos, pesados, três bolotas de metal, três pendentes cor de oiro que ela examinava. Eram três balas. Colocava dum lado a arma, do outro as bolotas, enquanto o volume dos sons se erguia na casa. Punha-as em linha curva, em linha recta, em jogo de dois e um, os bicos para dentro, para fora, as três unidas. Pegava na arma, um volume pesado mesmo para as duas mãos juntas, um volume inviolável, sem entrada nem saída. Até que, certo dia, deixaria de ser inviolável. De súbito, alguma coisa da arma se movia, se separava do dorso da arma, havia orelhas na arma, cauda, boca na arma, a arma abria-se, fechava-se. Dentro do bojo da arma havia quatro orifícios onde as três balas encaixavam. Uma a uma, a filha de Walter introduzia-as nos orifícios. Para retirá-las, as bolotas deveriam fazer o percurso inverso, ela não queria que ficassem lá dentro. E certa manhã ficaram. Não importava. Se a engrenagem rodava, deveria ser possível fazê-las sair pela boca, mas se alguma delas saísse pela boca seria um tiro, semelhante ao chumbo que matava a perdiz, feria a cadela velha ou o ladrão de estrada. Uma arma servia para isso. Se não servisse, o poderoso bicho da escuridão da noite não se apavoraria ao encontrá-la, enterrada na cama. Então teria de puxar a patilha diante de alguma superfície. A parede do quarto parecia um lugar inconveniente para um acto que requeria movimento. Poderia, contudo, descer ao rés-de-chão e fazer funcionar a arma diante duma pessoa.

Quem? A filha de Walter escolhia Maria Ema nas madrugadas frias de cinquenta e quatro. A meio do corredor, ainda em robe, ela receberia o tiro, no local onde as duas asas da gola se fechavam e abriam, exactamente onde começava o peito de Maria Ema. Coberta de sangue, como a cadela velha e a perdiz, Maria Ema pôr-se-ia a chamar, abrindo o robe. Atrás dos seus gritos viriam os de Custódio, Joaquim Dias, Manuel Dias e suas mulheres, os outros três Dias, Francisco Dias e os trabalhadores da casa, ainda na rua, àquela hora, e todos correriam sobre a filha de Walter, para castigarem a filha de Walter, enquanto Maria Ema se erguia do seu assento e nada lhe acontecia, inviolável e inatingível, envolvida no seu robe cinzento de grandes rosas-amarelas. Imortal como nos filmes de desenhos animados.

Então, sentada na cama, a filha de Walter virava a arma contra Custódio Dias, coxeando na direcção dos animais cujo cachaço engatava a carros. Atingia-o no momento em que o ouvia rondar pela rua, levando atrás de si aquela assimetria regular que o distinguia dos seis irmãos que labutavam no pátio. E também contra ele nada acontecia. Da cama onde se encontrava ouvia um estrondo, via o fio de sangue, via-o caído no chão do pátio, e todos corriam para salvá-lo, já estava salvo, e no meio dos que arrastavam arados e forquilhas pela rua, vozes identificavam a filha de Walter. Então todos a olhavam e apontavam com as aguilhadas, as forquilhas e os fueiros, enquanto Custódio continuava vivo e imperturbável, rodeado pelos salvadores. O mesmo sucederia com os irmãos que permanentemente dormiam. Podia ir junto dos berços deles e disparar as bolotas de metal nas suas barrigas brancas. Os seus cueiros ficariam vermelhos como o sumo da romã, a fralda da bandeira que se abria junto do galo do cartaz, ou as suas próprias feridas quando caía. Os irmãos ficariam desfeitos sob as suas bolotas de oiro. E no entanto, ainda antes de serem feridos, já estavam protegidos por uma multidão de gente que entre si não se amava mas se unia em torno de todo o perigo, e por isso, ninguém os podia atingir nem fazer sofrer, nem matar. Pensava.

Mas se a filha de Walter Dias virasse a arma contra si, o seu peito e o seu próprio ventre, ninguém viria. Ninguém correria sobre ela para levantá-la do soalho, nem seria preciso. Sobre ela não doeria, sobre ela não haveria sangue. Sobre ela, o botão de oiro, saindo pela boca do revólver, estalaria na sua própria cabeça como desabrocha um cravo, sem ruído, cor de fogo, sem fogo. Deitada, enrolada, a filha de Walter ficaria a dormir, sentindo que a vida laboriosa continuava rente ao chão, sem ninguém subir, ninguém se importar, num maravilhoso abandono total. Sem ninguém se lembrar da filha de Walter. Calmamente, eternamente, suave e doce, como o mar de urina que alastrava no colchão. Para sempre ficaria ali, deitada de lado, na onda quente e húmida da cama, protegida pelo sossego do quarto grande, durante muito, muito tempo. À medida que arrefecia, porém, o charco expulsava-a, ela já sabia que nada era estável nesta vida, nem um bem-estar solitário, na madrugada. Agitadamente, sacudia a arma fora do lençol. Continuava a pensar que, se cada uma daquelas balas tinha entrado, também sairia. O charco entrava no corpo, transindo-o. Sentada ao lado do centésimo charco, sacudia a arma com toda a força da sua alma. Dia a dia, guardava, entre os colchões, a arma que não conseguia descarregar. Mas certa vez, quando já não esperava, o revólver abriu-se e ofereceu, do interior do seu ventre de metal, o ninho onde estavam alojadas as balas. Uma a uma, desentalou as balas. O quarto era este. Manhãs de Inverno de cinquenta e cinco – Queria dizer-lhe.

16.

Pensava em Maria Ema, em Custódio Dias, em Francisco Dias – Sabiam acaso que ela dormia sobre um revólver? Que essa arma permanecia escondida, dia e noite, no interior da sua cama? Sim, deveriam saber, mas aparentemente ninguém se tinha interessado pelo revólver. Talvez o tivessem mantido ali como uma oferta, uma sugestão ou um desafio, para que ela corresse um risco, ou todos o corressem em simultâneo, para que houvesse uma omissão, um desaparecimento, uma mudança fulgurante e inesperada. Tinham deixado o revólver de Walter Dias sob o seu corpo, para que todos corressem o perigo, o desejo incontido da tragédia que existe no seio de cada família. Como se a tensão, expandindo-se permanentemente, precisasse dum detonador. Deveria ser uma evidência. Tantos mudaram a cama, tantos sacudiram os lençóis. Tantas vezes foi substituída a lã da cama, virada a fatana do colchão de baixo. Alexandrina, Maria Ema, Adelina Dias e as cunhadas, todas sabiam da existência do revólver e das balas. Porque ninguém via o revólver e as balas?

Por isso, na noite em que Walter Dias a visitou, as balas e o revólver estavam guardados, e ele quis retirar a arma que ela detinha, naquela noite da chuva, quis levar a arma consigo, mas ela percebia que, se lhe levasse aquele objecto, Walter poderia desaparecer por inteiro, quando desaparecesse. Ele ainda lhe disse – "Sê sensata! Tem juízo!" Mas não, ela não podia devolver-lhe a arma. Devolvê-la seria o mesmo que entregar a frágil anilha que lhe segurava o ser. Poderia devolver-lhe o álbum dos pássaros, a fotografia castanha, a imagem da mesa no regresso da Índia e o equipamento de soldado, mas não o revólver. Esse objecto fazia parte da sua herança mais cara, e por isso naquela altura não a podia entregar, nem a Walter.

17.

Naturalmente que ela não o conseguiria explicitar dessa forma, o que gostaria de ter feito depois do desaparecimento dos passos de Custódio no interior do quarto poente, e Walter Dias por fim compreendeu que a filha não poderia separar-se do revólver que ele mesmo tinha usado, de que já nem se lembrava, e sobre o qual desde pequena dormia, por acaso. E então ele disse que ela poderia ficar com a arma, durante o tempo que quisesse. Disse para que a noite terminasse em paz, como terminou – "Podes, sim, mesmo lá no Ontário, tu podes. Mesmo quando te oferecer aquilo que te disse – Uma viagem de avião até LaGuardia, e uma passagem de barco, a deslizar, devagarinho, em Hudson River, diante da Liberty. Mas antes vamos fazer um passeio até Muskoke Country para ouvires o pássaro loon rir. Ah! O que te vais divertir com as gargalhadas desse pássaro!... Claro que podes ficar com esse objecto o tempo que quiseres..." Sim, ela poderia ficar com a arma, Walter entendia, entendia tudo, naquela noite de chuva. Ele ainda dizia que tinha sido uma grande pena tê-la trocado pela Índia. Tê-la trocado pelos pavões do mar, pelas aves de arribação, pela ausência dos pássaros nas grandes travessias, pelas ondas cor de oiro, pelo lastro de espuma da água, a do percurso do navio. Haviam-lhe prometido a ida pelo Suez e o regresso pelo Cabo. E lá, a possibilidade de navegar entre Mormugão e Carachi, e mais, muito mais. Tinha sido por essas viagens que ele a trocara, como se não houvesse outros destinos e outros mares, e depois tinha-se arrependido – "O que é que eles te disseram sobre isso?"

Fazia-se tarde, e como ela queria, como estava a pedir-lhe sem o dizer, ele iria descer em paz, descalço, enrolado na gabardina clara ainda húmida. Mas antes, Walter Dias passou-lhe a mão pela cabeça e tapou-a, como disse. Só depois retirou o vidro e soprou a luz.

18.

Mas esta noite ele detém-se no limiar e não entra, não se descalça, não fecha a porta atrás de si, não se aproxima de nenhuma lâmpada, como se não quisesse que lhe visse o rosto ou como se viesse de novo pedir desculpa, sem ter de quê. Nunca teve de quê. Como se o acaso o tivesse querido demonstrar, a própria manta deambulou durante dez meses, de correio em correio, até chegar hoje mesmo a São Sebastião de Valmares, e a princípio foi difícil compreender como uma encomenda com o remetente e o endereço cobertos de nódoas, e ainda cercado de recados, alguns deles ininteligíveis, pôde ter chegado às mãos do destinatário. Maria Ema chamou por Custódio Dias e os dois ficaram a examinar o pacote, até que ela lhe passou a tesoura de peixe e ambos o abriram, e só depois entregaram o conteúdo à filha de Walter. Então a manta foi desdobrada e estendida no soalho, e ela quis que ele voltasse a visitá-la para lhe dizer que havia herdado a noite da chuva com tudo o que continha lavrado no seu magma, e por isso, era injusto que um homem tivesse escrito num cartão uma sentença tão irónica sobre si mesmo – *Deixo à minha sobrinha, por única herança, esta manta de soldado*. E agora vem devagar, não se lhe dirige nem fala, sem motivo.

Aliás, mesmo que não tivesse existido a noite de sessenta e três, a filha de Walter sempre teria disposto do necessário para somar uma poderosa herança. A imagem que fizera da pessoa dele era a sua herança. Quando Walter tinha começado a descalçar-se junto ao patamar, já ela o conhecia, e tudo o que conhecia era bom, ainda que o não tivesse conseguido dizer, pois durante o encontro não havia pronunciado uma só palavra, apesar da sua insistência. – "Fala, diz qualquer coisa, mesmo que seja má..." – tinha ele dito, por fim, no momento em que a cobria com o lençol e lhe afagava a cabeça onde ela guardava o olhar de chita. Onde ela guardava a herança. Na noite da chuva, já ela sabia que a vida não pertencia apenas a quem pertencia, mas também a quem a relatava. E que a vida de Walter não era só dele, era de muitos porque em Valmares todos a imaginavam e relatavam o que imaginavam. Walter também existia nos outros e cada um tinha um pedaço dele, um pedaço de que falavam com gosto, como se Walter inteiro lhes pertencesse. Os Dias comungavam dele, alimentavam-se da sua vida como quem toma uma sobremesa doce, fria. Havia anos que ela sabia que Walter ainda criança se tinha apoderado da velha charrete que pertencera a Joaquina Glória, e ele mesmo a havia consertado e pintado, e que era seu hábito engatar-lhe uma égua clara e correr perigosamente pelas estradas, enquanto os seus irmãos trabalhavam de sol a sol. Pouco a pouco, ela tinha ficado a saber que, nem mesmo que Francisco Dias o cobrisse de ameaças e privações, Walter trabalhava. Que desde os onze anos se recusava a colaborar, dormindo manhãs inteiras, desviando-se dos caminhos próprios, fazendo atalhos por entre as searas onde se perdia. Francisco Dias, os irmãos Dias, sua irmã Adelina, seu cunhado, suas cunhadas, namoradas dos seus irmãos, o manajeiro Blé e a sua mulher Alexandrina que moravam na casa de trás, os trabalhadores de enxada que vinham, que partiam ou que ficavam depois do sol-posto, nos anos cinquenta, todos tinham alguma coisa para contar sobre essa vida de Walter. A filha, porém, fechava-se a sós com essas narrativas arcaicas, modificando-as e reconstruindo-as, a filha não tinha as palavras todas, mas sabia. E por isso, mesmo que não tivesse havido a noite da visita, aquela seria a parte fundamental da herança. O álbum dos desenhos, a manga do capote ou o revólver não teriam sido nada, se não existisse essa figura de Walter. Ela ficava a vê-lo perder-se entre as searas, via-o da altura dos trigos, imaginava os seus passos de rapaz quebrando os colmos, correndo em ziguezague para não ser alcançado. Ela imaginava.

19.

Mas o episódio que ela tinha herdado intacto, e que inaugurava todos os outros e estava na base do filme de regresso da Índia que ela construía desde cinquenta e um, era muito preciso e não necessitava de ser alterado ou desenvolvido. Vivia por si, talhando no espaço uma figura inteira. Walter tinha doze anos e Francisco Dias havia dito – "Não és mais do que os outros. Pegas também na tua canastra". A tarefa consistia em encher a canastra de estrume e entregá-la repleta, elevando-a acima da cabeça. João Dias de catorze anos, Inácio de quinze, Luís de dezassete, Manuel de dezanove encontravam-se lá, no fundo da estrumeira, a encher canastras. Custódio de vinte e três, e Joaquim, de vinte, recebiam-nas entornando-as no leito dos carros engatados às mulas. Na azáfama de encher as vasilhas, os irmãos Dias, tanto os que se encontravam em cima como os que estavam no fundo da cova, iam ficando atascados de estrume, e ele olhava para o fundo e recusava-se a descer. Fora obrigado a descer. Numa corrente de obediência a alguma coisa que era mais forte e mais imperativa do que a voz de Francisco Dias, todos obedeciam, enchendo as canastras com as forquilhas baixas, erguendo as vasilhas até à berma da cova. Erguiam o esterco curtido, fumoso, aduboso, podrido, sujos dele, como se fossem parte dele e não se importassem de o ser. Mas Walter, o mais novo, o que tinha descido à cova empurrado, não pegava na alfaia, e ao contrário dos irmãos não se movia. – "Mexe-te! Porque não fazes como os outros?" – Ouvindo os gritos do pai, os outros apressavam-se. Quanto mais eles se apressavam, de rosto apontado para o estrume, mais Walter se aproximava da parede da cova amarinhando por ela acima.

Então o pai havia pegado ele mesmo numa forquilha, impedindo-o de subir, enquanto Custódio e Joaquim carregavam, cada vez mais rápido, cada vez mais rápido, e os outros cavavam cada vez mais fundo. E Walter, com as mãos cravadas na parede do estrume, enfrentava o pai, com gritos duma voz feminina que ainda nem mudara. Uma criança pequena, de cabelos cor de feno, aos gritos estridentes, no meio da estrumeira a desafiar o pai. E o brado – "Olhe que se desgraça, Sr. Francisco Dias!" – teria dito Alexandrina, passando por perto com um alguidar de roupa limpa – "Se a Joaquina Glória fosse viva, não haveria nada disto!" E pousando o alguidar da roupa em qualquer lugar, talvez na terra cheia de estrume, arriscando-se mesmo a ter de voltar a lavá-la, Alexandrina havia conseguido tirar da mão de Francisco Dias essa forquilha, puxando-lhe pelo cabo e depois pelo próprio patrão que se desequilibrara e quase caíra. E ele ainda tinha querido pegar no cabo mas ela não tinha deixado, enquanto os Dias enchiam e despejavam canastras, despejavam e enchiam sem cessar, e ela segurando a forquilha, por cima da sua própria cabeça. Fora, pois, graças a essa intervenção da lavadeira, graças a esse gesto humanitário da serviçal, narrado pela própria até à saciedade nos anos cinquenta, que a filha ficara a conhecer os detalhes desse dia de contenda. Mas Alexandrina terminava – "Estava Francisco Dias com os garfos da forquilha apontados para ele, e ele a levantar a camiseta, a oferecer-lhe o peito, aos berros desatinados contra o próprio pai. O peralvilho, o pespenete, o rebelde do seu tio". Depois Alexandrina calava-se. Então, entre o pátio e a estrumeira, fugindo da estrumeira, Walter Dias existia. Ela tinha-o herdado, a enfrentar os garfos aguçados duma forquilha.

20.

Quando ele subiu, e ela ficou à espera que a porta rodasse, só um pouco, só o suficiente para que ele entrasse, havia tempo que ela tinha herdado a casa de Valmares dos anos quarenta de que ainda conhecera os intérpretes presentes e vivos. Podia imaginar os irmãos Dias calados, desfrutando das contendas entre o pai e o filho mais novo, observando, esperando por uma acção drástica, uma violência que pusesse termo à vaga-bundagem de Walter. Tinha herdado a imagem duns rapazes camponeses encostados à parede, a observarem o confronto. Blé, o manajeiro, contava-lhe. Walter Dias subia para cima da charrete e Francisco Dias colocava-se no meio do pátio, bradando – "Só por cima dos meus ossos..." O pai de braços abertos, o filho mais novo sobre os varais, defrontando-se, e os restantes filhos em volta, à espera. João Dias, Inácio, Luís, Manuel, Joaquim e Custódio Dias. E Adelina gritava – "Cuidado! Ai que ele mata o paizinho!" Talvez. Talvez Walter puxasse as rédeas, a égua se empinasse e o pai ficasse esma-gado sob as rodas. Talvez fosse necessário encomendar uma caixa preta com uma cruz roxa, talvez aí se colocasse o corpo esmagado do pai e se fizesse um choroso funeral, um féretro feito de crime. Talvez a GNR de Faro viesse buscar Walter com duas algemas grossas. Talvez tudo isso acontecesse, na-quele instante do confronto. Talvez.

Mas segundo Blé, Custódio surgia atrás do pai, os dois envolviam-se, os chapéus rolavam pela calçada, e Francisco Dias, vermelho, desabotoado, era arrastado pelo filho mais velho, para dentro de casa. Com o caminho livre, Walter abria o breque, puxava as rédeas e a charrete partia. Ninguém sabia muito bem para onde partia. Voltava pela tarde, por vezes ao cair da noite, já com a lanterna da charrete acesa, voltava a assobiar. A égua branca estafada das corridas ao longo do macadame. Ah! Se a égua falasse, se ela contasse onde Walter a levava. Mulheres, ele ia às mulheres, ele ia aos traficantes, ele ia aos vícios, talvez ele fosse aos álcoois que não cheira-vam. Que álcoois não cheiravam? Que mulheres não criavam blenorragias? Um dia o manajeiro iria, disfarçadamente, no encalce dele, mas era muito difícil ir atrás do filho mais novo de Francisco Dias. Blé nunca tinha conseguido fazer o que Francisco Dias pretendia – que tomasse o trem e o perseguisse. O trem era muito mais lento do que a charrete e luzia por toda a parte por onde passava. Quem não conhecia o trem de Francisco Dias? – perguntava a si próprio Blé.

O manajeiro nunca parava para falar, mas falava sempre que era seguido pela filha de Walter. – "Só para ver como era o seu tio..." O seu tio ia aprender a desenhar pássaros, desenhava-os e vendia-os. Depois tinha perdido a vergonha, ia buscar papel almaço, tintas e lápis e outros instrumentos, e ficava a desenhar e a encaixilhá-los no pátio, como se fosse um pobre encaixilhador. O filho mais novo de Francisco Dias vendia desenhos de pássaros, recusando-se a trabalhar. E o confronto havia passado a ser outro, porque Walter Dias já tinha dezassete anos e gritava na rua que, se não permitissem que ele usasse a charrete, iria a pé e ficaria por lá, ninguém saberia se voltaria ou não. Francisco Dias tinha ataques de ódio e apenas se conformava porque sabia que em toda a irmandade costumava existir um depravado, aquele que a natureza fazia nascer no seio duma família composta, para que o equilíbrio se mantivesse, para que o mal não fosse só dos outros. Uma fístula permanente por onde purgava o desequilíbrio, a vergonha do desequilíbrio, e assim, cada família deveria estimar o seu depravado. O desequilíbrio concentrado num único induzia os outros a serem discretos e equilibrados. Os Dias unidos, os Dias afadigados, exemplares, cultivando as terras do pai desde crianças como se já fossem suas, dando exemplo às outras famílias, comprando pedaços de pedras por tuta e meia que, num ano só, pela força dos seus braços, transformavam em jardins de favas.

Sim, devia haver uma permuta no destino, uma espécie de negócio entre profano e sagrado. Francisco Dias deixava à solta Walter Dias para que os outros filhos, em compensação, se unissem. Deixá-lo abater-se a si mesmo, deixá-lo andar. Quanto mais aquele se afundasse mais os outros se manteriam unidos. Na casa de Valmares, o mal, o inevitável mal, estava concentrado naquele filho. Era apenas necessário, então, isolá-lo, vigiar-lhe os movimentos mas não lhe falar de mais, não lhe explicar nada. Ela ficara a conhecer o calendário do desvio – Em quarenta, Deus tinha mandado o desequilíbrio a casa de Francisco Dias através de Walter. O desequilíbrio durara até quarenta e seis, fora retomado depois do regresso da Índia, no Verão de cinquenta e um. Só tinha parado na hora da largada para tomar o navio *High-Monarch*, numa cidade chamada Londres. Seria muito longe? – A filha seguia Blé pelos pastos fora, mas não falava, não perguntava nada, só ouvia. Ela gostava de imaginar a outra face.

21.

Francisco Dias também falava de Walter.

Era-lhe bastante claro que havia uma nuvem escura sobre a cabeça do filho mais novo. Dizia-o para quem quisesse ouvir, nos tempos livres de domingo, antes de dormitar, nunca falando directamente só para a sobrinha de Walter, até porque ele nunca falava para essa neta. Mas também não a privava de conhecer a diferença que tinha existido entre Walter e os outros filhos, se acaso ela quisesse ouvir, se é que ela ouvia. Andava por ali entre os demais como se fosse surda, e para ele tanto lhe fazia que ouvisse ou não. Francisco Dias remontava à escola, o local onde em seu entender a vida dum homem não só se delineava como em abreviado a predizia. Ele explicava.

Todos os outros seus filhos tinham sido ensinados por homens enérgicos, pessoas duras, resistentes, irrepreensíveis, pessoas que mantinham os rapazes quietos, distribuíam pancada com determinação, não sorriam, impunham a ordem, procurando fazer de cada criança um obediente, para que se obtivesse um bom trabalhador. A própria escola de São

Sebastião tinha quatro janelas que davam para a rua. A cada uma delas era raro não haver uma criança com uma máscara de asno, com orelhas de ourelo e uma fila de dentes exposta. Mas através do focinho amplamente rasgado da máscara identificava-se o rosto de cada criança. São Sebastião inteira ficava a saber quais as crianças punidas. As máscaras deixavam de ser máscaras, passavam a ser elas mesmas. A vergonha das crianças. E a vergonha, na criação da obediência, era um sentimento imprescindível em todos os tempos, principalmente nos diligentes anos trinta. Todos seus filhos, incluindo Adelina Dias, tinham saído dessa disciplina de rigor, formadora e punitiva, como deveria ser. – "Menos Walter" – dizia Francisco Dias, e às vezes nem conseguia dormitar na sua cadeira de mogno, os pés enfiados numas alpergatas, as botas de cardas postas ao lado. Não conseguia, por causa do filho mais novo. A sobrinha de Walter via.

Sim, ao contrário dos outros, o mais novo estava destinado a ser instruído por um incompetente recém-chegado, um homem pequeno, de cara completamente lisa, que fazia lume sobre a secretária, queimava papel, cabeças de fósforos, álcool e algodão-em-rama dentro de frascos. Que volta e meia levava as crianças até aos montes cinzentos de São Sebastião, mandava observar a natureza, mandava espiar os animais. Mandava-as medir o desvio do Sol com metros de pedreiro, obrigava-as a irem de noite à escola para explicar os eclipses, levava-os a registar coisas tão inúteis como a posição das patas das éguas quando corriam e quando marchavam. Não lhes ensinava nada. Ele mesmo construía canudos especiais pelos quais fazia as crianças olharem as aves, contra a necessidade das próprias crianças que era saber, sobre os pássaros, quais os úteis e os inúteis, os que davam bons exemplos aos homens com os seus hábitos, e escrever isso em boa caligrafia. Mas esse transviado trazia para a sala de aula pássaros vivos e pássaros mortos, abria-lhes as asas, mostrava a diferença das penas, as articulações das patas no poiso e no voo. E assim, Walter viria a desenhar animais em movimento, principalmente pássaros. Dizia Francisco Dias para quem quisesse ouvir. Ela ouvia.

Não podia deixar de ouvir. Ela ficou a saber que esse homem acabara por ser empurrado de São Sebastião mediante um abaixo-assinado, em que muitos haviam escrito em vez do nome uma dedada de polegar. Que numa noite de Dezembro de trinta e cinco, tinham vindo buscar o professor de cara lisa. Que esse professor haveria de desaparecer do ensino, haveria de morrer cedo, sem nada para fazer, cercado por olhos de todos os lados, mas entretanto, já havia deixado estragos inapagáveis por onde tinha passado. Eles estavam à vista, na pessoa de Walter.

Francisco Dias lembrava-se de ter sido chamado pelo professor franzino, apenas para lhe ouvir dizer que Walter possuía umas mãos estranhas, umas mãos que desenhavam como se tivessem a memória da natureza debaixo das unhas. Uma habilidade formidável. E embora nessa altura Walter e os outros pintassem sobretudo S. Sebastião Ferido e Nossa Senhora das Dores, Francisco Dias desconfiou que não se tratava de desenhos sobre os santos, mas de pretextos para as crianças desenharem animais inteiros, incluindo os órgãos da reprodução, motivos para o seu filho desenhar pássaros. Também ficou a saber que nas páginas dos desenhos não constava o nome dos santos, mas sim os nomes latinos dos pássaros. Que Francisco Dias, ele mesmo, havia escrito ao delegado falando da sua suspeita, e tinha movido o abaixo-assinado das dedadas, e por sua iniciativa o professor desaparecera. Mas tinha sido tarde demais para as várias crianças desinstruídas. Tarde demais para o seu filho Walter, o que fugia de casa, em cima da charrete para desenhar pássaros.

Sim, ela ficara a saber – Walter deitava-se no chão, esperava que os pássaros poisassem, por vezes aprisionava-os em cestos e gaiolas donde depois os soltava, mas antes reproduzia-os em papel, copiava-lhes as penas e as formas, dava-lhes uma vida especial aos olhos. Era como se os malditos dos pardais falassem, como se os tordas se rissem, só pelos riscos especiais que punha nos olhos dos pássaros. A forma como lhes desenhava as caudas levantadas, o modo como lhes abria as asas. Um dia Adelina Dias tinha gritado – "Paizinho! Isto não são pássaros, são pessoas acasaladas!" Francisco Dias já desconfiava. Como podia ele vender aqueles desenhos se não houvesse uma outra intenção a movê-lo? Fosse como fosse, Francisco Dias não podia acreditar que, em vez de quadros com paisagens flamengas, houvesse pessoas que comprassem desenhos de pássaros – patos, rolas, pombas, papa-figos – e que o fizessem por encomenda. – "Paizinho! Ele está a desenhar papagaios a beijarem-se! Têm os bicos unidos, paizinho!" – contava Francisco Dias, ajudado pela própria Adelina. A filha de Walter sabia-o, na noite da chuva. Havia alguns anos que ela imaginava Walter desenhando os pássaros que ela mesma guardava.

22.

Mas Francisco Dias nem sempre dormitava na sua hora vaga de domingo. Por vezes recebia os seus compadres e, em conjunto, invocavam os tempos recentes da Guerra que não tinham tido. A filha de Walter sentava-se de costas voltadas e ouvia.

Nos anos quarenta, os Dias tinham receio de ser envolvidos em operações de combate, sobretudo os que ainda se encontravam no serviço militar, e dum momento para o outro poderiam transformar-se em expedicionários. Anos maus, anos pobres. Sem chuva, sem adubos, anos de vento e poeira, anos quentes, mas para Francisco Dias tinham sido anos bons. Percebia-se o que tinha acontecido – Francisco Dias vendia bem o azeite, a farinha, vendia caro, vendia em pequenas doses, como se fosse oiro, vendia só a quem vendia, e todos lhe agradeciam por pouco que lhes vendesse, vendia com a colaboração dos filhos, e apesar das boas ocasiões, nunca ele nem nenhum dos dele se tinham envolvido em mercados paralelos. Não precisavam, era tudo fruto da luta contra um clima de deserto, produto do seu suor. Em dois anos, Francisco Dias comprou dez terrenos de pedras e deu trabalho a doze cavadores que desfizeram as pedras à marretada, por falta de pólvora. João e Inácio, ainda em Lagos, deveriam vir rapidamente fazer face à terra e à falta de adubo, ajudar a arrancar pedras e a contribuir para encher a estrumeira, ajudar a espalhar o estrume pelas terras para produzirem mais, produzirem muito, o trigo loiro, a fava verde, o grão dourado, as árvores cheias, cavadas pelos braços dos Dias, apesar dos climas áridos. Porque não vinham eles já? – Depreendia ela do que Francisco Dias contava. E certa tarde de Setembro tinham ouvido um ruído ensurdecedor e julgaram que a guerra avançava sobre a Península. Mas era apenas uma amostra desgarrada. Do lado poente, um avião vinha caindo rente ao mar, e sem saberem como, dentro de instantes, um caça de dois rabos fumegava diante da casa de Francisco Dias, com dois mortos ingleses atados na carlinga. Caíra junto da eira, destruindo dez esteiras de figos de que não se aproveitou nenhum. E depois o cerco da autoridade, o silêncio da autoridade, as capas de oleado sobre as padiolas. De todos esses factos os compadres se lembravam.

Então Francisco Dias desinibia-se e contava, lançando uma bisca rápida, na curta hora do calor de domingo. Aquela imagem havia-lhe trazido à mente um pensamento extraordinário, de que ele não tinha tido responsabilidade alguma, acontecera-lhe sem nada ter feito por isso – No lugar de um daqueles loiros aviadores enfarruscados e mortos, no lugar de um deles, tinha visto concretamente, com uma nitidez notável, o seu filho Walter, se ele tivesse ido à guerra. Ou antes, se ele fosse. Se ele se alistasse, ou se Portugal de repente contribuísse, enviando os soldados das novas incorporações, a guerra não lhe levaria nenhum dos outros filhos, só lhe levaria aquele, levar-lhe-ia Walter. Francisco Dias contava o seu pensamento, contente consigo mesmo, pela luta inglória que havia tecido para salvar o filho mais novo. O seu raciocínio tinha sido lúcido e adequado.

Sim, se Portugal entrasse na Guerra, mandando expedicionários, e se Walter fosse um deles, das duas uma – ou morria ou se salvava. Se morresse, poderia ser condecorado postumamente, e até ele mesmo receberia a medalha e alguém viria tocar uma trompete junto da sua pedra. E se porventura se salvasse, o que também era provável, ou pelo menos possível, não viria mais o mesmo. Por certo que viria tisnado, esfalfado, emagrecido, disciplinado, sabendo o que significava o esforço, a doença e a morte. Forçosamente que viria sério. Não correria mais naquela charrete, não lhe estafaria a égua, não cantaria mais aquelas canções desgraçadas de que repetia sempre os mesmos pedaços, enquanto desenhava. – *"Charlie, Charlie..."*

Mas bem podia ele desenhar e madeirar, pela casa inteira cantando *"Charlie, Charlie!..."* Nos finais de quarenta e quatro, apareciam, nas estações e locais de serviços, pequenos cartazes negros que anunciavam aos Portugueses – *Portugueses, Trabalhai e Poupai, para que Deus Vos Livre da Guerra!* O que de certo modo era uma contrariedade para Francisco Dias, pois embora a estratégia anunciada no prospecto lhe permitisse adquirir mais terrenos de pedras, perdia a esperança de ver afastar-se de casa aquele filho. A grande contrariedade, porém, sucedeu na semana anterior à partida de Walter para o quartel de Évora, um quartel como devia ser, servido por um descampado sem fim. Um sítio adequado para homens se treinarem para uma guerra de grande alcance. E a contrariedade fora a seguinte – uma semana antes da partida do filho, a charrete das cavalhadas regressou antes da hora habitual e Walter apeou-se aos gritos, abandonando a égua no meio do pátio. – "Estão a dizer que a guerra acabou!" Custódio saiu, com seu passo assimétrico para segurar na charrete. – "Mas acabou como?" E Adelina Dias tinha corrido até à cavalariça onde Francisco Dias amalhava o cavalo. – "Paizinho! A guerra acabou!" Francisco Dias sacudiu um fiapo de imundície de cavalo preso no chapéu. – "Isso é mentira, não pode ser, não acabou..."

Francisco Dias contava como fora vencido pelo destino. Lembrava-se de ter visto Walter deitado na calçada, de braços abertos, a gritar de satisfação – "A guerra acabou!" Era assim que a filha o via. Vê-lo-ia sempre, mesmo que não tivesse existido a noite de sessenta e três.

23.

Aliás, tinha acontecido tão poucos anos antes que era impossível Francisco Dias não falar do alívio que havia experimentado na noite em que vira partir o filho mais novo, pendurado à porta duma carruagem, a acenar abundantemente, com o chapéu na mão, e logo desaparecer no escuro das árvores que seguiam a linha. O suspiro de alívio de Francisco Dias ao regressar a casa, nessa noite, parecia-se com o grito triunfante que o comboio nocturno soltava ao longo da estreita planície de areia, houvesse ou não houvesse guerra. Desaparecia.

Mas a linha dos Caminhos-de-Ferro possuía dois sentidos, e acontecia trazer de volta alguns passageiros que levava, e passados cinco meses, a mesma carruagem, virada para sotavento, largava Walter na Estação de Valmares. E ao contrário do que Francisco Dias imaginara quando vira os dois ingleses presos na carlinga, Walter aparecera ainda mais vivo, mais homem, com os braços inchados, as feições agudas, o cabelo raso, os dentes mais brancos e certos, na boca mais rasgada. No conjunto, vinha outro, não vinha o mesmo. Começava a vir cada vez mais outro, uma vez por mês. Saltava do comboio às cinco horas de sábado e voltava a partir às oito de domingo, e nessas escassas vinte e quatro horas de folga, Walter Dias não conseguia descansar. Engatava a égua branca na charrete preta e partia. Trotava através da estrada paralela ao mar, a mais rasa, a mais plana, levantando o macadame à sua passagem. Por vezes tomava a direcção do arneiro, subia aos matos, mas a estrada íngreme e esburacada, entre penedias e alfarrobeiras de sombra sinistra, impediam-no de continuar. Retomava a outra, a mais lisa, aquela onde a égua podia trotar de crina levantada sem tropeçar em pedras. Era como se viesse a casa apenas para correr. O único irmão que esperava por ele era Custódio Dias, o que passava os domingos à porta de casa para vê-lo voltar. Ia até ao fundo do pátio esperá-lo, arrumava a charrete do irmão, tratava-lhe do animal. O que, segundo Francisco Dias, constituía uma protecção irresponsável. – "Talvez eu não te conheça bem" – dizia o pai para Custódio. – "Está-me a parecer que só não fazes o mesmo que ele faz porque não podes. Também queres desenhar pássaros?" – Primavera de quarenta e seis. Custódio deveria ter trinta e um anos. De costas voltadas na cadeira, a filha fazia contas aos anos dos Dias em relação à idade de Walter.

Naturalmente que Francisco Dias não falava para ela. Talvez ela nem ouvisse. Quase muda, não falava, não ouvia, não sabia, era indiferente que ouvisse ou não, a sobrinha de Walter. Mas, por vezes, Alexandrina dirigia-se secretamente, só a ela, a filha de Walter. A mulher do manajeiro dizia – "Ah! O grande problema do seu tio não eram os pássaros, não, eram as mulheres. Ele desunhava-se por elas e elas morriam por ele, isso é que era..." Suspendia, virava-se, baixava a voz, para acrescentar – "Mas depois aconteceu uma coisa horrível..."

– explicava Alexandrina, na cozinha, enterrando a ponta da faca no coração das batatas, abrindo-as ao meio, atirando-as com força para dentro das panelas donde comiam os Dias.

Porque todos esperavam que acontecesse, que o sexo de Walter se manifestasse, deixasse um rastilho, fosse assunto de escândalo, para que o seu carácter se tornasse compreensível, a sua vida fosse claramente punível e a ordem se equilibrasse. Ouvia-se falar por aqui, por ali, da charrete parada a tal porta, vista em tal lugar, de regresso apressado, com a égua a espumar, vindo do lado de Faro. Sim, um homem que era soldado, que pintava pássaros e não trabalhava, tinha de se manifestar pelo sexo, porque de outro modo a figura não seria completa, não se entendia, ninguém poderia dormir descansado. E andou, andou, aconteceu – contava Alexandrina, melhor do que qualquer um dos outros. Mas as palavras mais autorizadas provinham dos próprios Dias, referindo-se sempre àquele domingo de Junho.

24.

A filha tinha ficado a saber – Naquele domingo de Junho o calor era intenso, os cães comiam sob a mesa de castanho e tinham passado a correr entre as pernas dos Dias para irem ladrar desatinados junto ao portão. Mas quem chegava era como se não visse os cães. Um carro de madeira, todo aberto, estava preso na argola, e nas pessoas apressadas que subiam o pátio, Francisco Dias reconheceu Manuel Baptista e sua mulher, o que morava à beira da estrada, com uma roseira à porta, e só depois se apercebeu de que atrás seguia uma rapariga espigada, bastante franzina, com as mãos à altura do colo. Francisco Dias escancarou a porta mas o Baptista parecia não vir para entrar. Como se não conhecesse a rapariga que se aproximava lentamente, com a aba do chapéu de palha a cobrir-lhe o rosto, e as mãos a taparem a cintura, o Baptista apontou exactamente nessa direcção. – "Venho aqui para dizer que o seu filho mais novo a abalroou". E conforme todos referiam, a qualquer hora, e quando se lembravam, o Baptista tinha acrescentado que não vinha ali para exigir fosse o que fosse, apenas para que Francisco Dias soubesse que o rapaz tinha deixado a semente dentro da sua filha. Estava a reproduzir dentro dela. Ela era Maria Ema Baptista.

"Ela, sim!" – Porque ele, Manuel Baptista, sabia que a culpa não era dele, era dela, a sua filha. Não tinha dúvida de que Maria Ema é que tinha saltado para dentro da charrete, e ela mesma é que se tinha estendido em cima da manta de caserna que ele usava nos coitos com as mulheres, ao longo das estradas. Ela, a mais nova. Mas ela não compreendia que isso só tinha acontecido porque o soldado não havia alcançado as irmãs mais velhas, a Dulce e a Quitéria, nem as primas Zulmiras, resguardadas dos desenhos dele para homens sérios, que haveriam de vir. E agora a abalroada ali estava, atónita, com um chapéu de palha tombado que a fazia ainda mais nova do que era, com a barriga ligeiramente levantada, o vestido curto, empinado à frente, pondo-lhe os joelhos à mostra.

E Francisco Dias, com o guardanapo ainda entalado na carcela da camisa, para dizer alguma coisa, com aquele calor e aquela luz violenta que fazia no pátio, tinha começado a desempenhar o seu papel de pai de homem, dizendo que não havia meio de provar que tivesse sido o filho dele a abalroá-la. – "Como é que se vai provar uma coisa dessas?" – E Manuel Baptista entendia que ele tinha toda a razão, e pediu à mulher, a quem ele de passagem também culpava, que mostrasse o que trazia consigo. E a mulher entaramelou os dedos numas asas, mas retirou de dentro da pequena malinha um molho de papéis que passou ao marido, e o marido passou a Francisco Dias com a solenidade de quem passa um testamento malvado, e o pai de Walter Dias abanou a cabeça e disse que era de facto obra do seu filho Walter. E ficou a pensar, a pensar, com a papelada na mão, naquela tarde esbraseada de domingo, até que encontrou alguma coisa para dizer, como pai de homem que era – "O problema é que uma mulher que se dá a um, dá-se a todos. Já não presta...". – "Sim, já não presta..." – tinha dito o próprio Manuel Baptista. – "Ela própria se desprestou..." Mas Alexandrina ficava melindrada com a sobrinha de Walter, pela maneira como permanecia ausente, sentada de costas nas cadeiras, sem dizer uma palavra, enquanto ela e o marido, os dois unidos, lhe ensinavam aquele caso.

E por isso, Alexandrina dava a volta à cadeira e ficava diante da filha de Walter, com o ralador erguido, a desfazer, a passar, a esmigalhar com a ajuda dum garfo a carne dos últimos legumes. Alexandrina ainda estava a ver Maria Ema, naquela tarde escaldante de Junho, pálida e parada, como uma boneca de loiça, atônita, caída no meio do mar, sem saber se deveria descer apressada ou lenta, pátio fora. Mas já iria ficar a saber. Sem se falarem entre si, os Baptistas desprenderam o carro, subiram para cima do carro e não deixaram a filha subir. Maria Ema tinha de pagar. Já começava a pagar. O carro partia baloiçando os taipais e levantando a poeira, e Maria Ema pôs-se a caminhar atrás. Corria atrás do carro, e não o alcançava, no rasto da poeira.

Ela ouviria duzentas vezes essa narrativa, com ligeiras diferenças, mas todas elas terminavam pela mesma imagem – Maria Ema a correr atrás dos Baptistas, perdendo o chapéu na poeira, fugindo em tranças desfeitas pelo caminho largo. Pedindo socorro atrás do carro, quando tinha dezoito anos.

Então Alexandrina soltava a sua agitação, de costas para a cadeira onde se sentava a filha de Walter. Sim, ainda naquele instante se sentia revoltada. Ninguém tinha compreendido que os Baptistas tivessem guardado as filhas mais velhas, deixando à solta Maria Ema, que tivessem permitido que a mais nova se aproximasse dos varais da charrete. Ela, a mãe dela, a mulher do Baptista, é que fora a culpada. Nos problemas de cópula, a mãe, por mais que se desculpe, é sempre responsável. A mãe Baptista é que tinha permitido que ele a desenhasse, que ele a captasse para dentro das quatro linhas daquelas folhas brancas onde reproduzia as retratadas. E Walter não lhe tinha feito um desenho, mas dez. Talvez vinte. Com chapéu, sem chapéu, com tranças, sem tranças, com roupas e sem roupas, com flores e sem flores na cabeça. E pássaros. Metade rolas, metade pombas, metade rouxinóis. Outros tinham dito – metade milhafre. Bandalho – Nessa altura faziam-se apostas, dizia-se que sobre a manta caíam já despidas, nuas, todas as raparigas para quem desenhava. E ele teria desenhado umas dez ou doze, pobrezinhas, pobrezinhas, ao longo das estradas, na versão bíblica de Alexandrina.

Sim, na noite da chuva, fazia muito tempo que ela tinha herdado essas narrativas. Não eram rudes. Apenas eram. Herdara as narrativas, simplesmente, tal como eram. Walter só de passagem tinha a ver com esse lastro de imagens. Ela sabia. Walter passava-lhes ao lado.

25.

Mas Francisco Dias envelheceu pelo desgosto que teve de suportar quando o filho partiu para a Índia, numa altura em que deveria ter voltado para casa, a fim de reparar a ofensa feita aos Baptistas. Porque Maria Ema tinha começado a ser torturada pela mãe e pelo pai. Fechados em casa, vergados sob o peso da desonra, obrigavam a filha a sair às compras, a carregar pesos impróprios nos seus braços, a fazer recados onde houvesse gente, a expor-se diante de todos, obrigando-a a debruçar-se à janela, rente à roseira, aos domingos e sábados de tarde, para que o suplício fosse completo, e como ela resistia, haviam-na fechado, dando-lhe comida por uma greta da porta, trancando-a logo em seguida. Vinham dizer. E Francisco Dias, que se classificava a si mesmo como um homem de honra e de pena, tinha escrito uma carta para que Walter viesse, na primeira folga, reparar a falta, contando-lhe os detalhes daquela tortura.

Tinha escrito quatro cartas, umas a seguir às outras, cada vez mais curtas, cada vez mais imperativas, referindo a cena do carro em fuga que tanto fizera chorar a irmã Adelina. Mas da quinta carta só havia escrito o local e a data. À segunda linha, Francisco Dias pousou a caneta sobre a secretária onde fazia a escrita da lavoura e decidiu ir, ele mesmo em pessoa, ao encontro do filho, naquele quartel que ficava no meio duma planície infinita, com a qual tanto havia sonhado. Tinha posto umas botas de vitela e demorado uma noite e uma manhã inteira num banco de comboio, para lá se encontrar com o filho. Mas em vez do filho, encontrou um comandante que o fez sentar numa cadeira estofada, sem mandar chamar Walter Glória Dias, que já não era soldado, era cabo. Por muito que lhe custasse a acreditar, na instrução, Walter Dias tinha sido o primeiro a rastejar, a espadeirar, a saltar muros, a enfiar espadas em fardos de palha. E era ainda o primeiro no tiro, o mais rápido nas marchas, nas travessias dos charcos, tinha sido o primeiro a conduzir o carro do comandante e o mais rápido a pôr o pé em frente, quando fora perguntado, durante uma formatura, quem estava disposto a ir defender o poder português na Índia. O cabo Walter Glória Dias estava alistado para partir para Goa.

Francisco Dias, porém, não tinha perdido dois dias de governo da sua casa para ouvir falar desse compromisso, e sim, para explicar o caso duma rapariga grávida, um caso de vergonha relacionado com a natureza de Walter. Só que o traidor do comandante estava conluiado com o cabo. Também não era homem de muitas palavras – "Vamos ver, ele decidirá". E depois duma espera que não tinha fim, Walter aparecera à porta para responder se preferia reparar essa falta ou ir prestar serviço para a Índia, e aí permanecera calado. O comandante, porém, empurrou a decisão. Disse que iria ser muito difícil provar que a falta fora de Walter. Que Francisco Dias pensasse bem, que não tirasse o futuro ao seu próprio filho. O lavrador levantou-se. Sim, não tiraria, tudo se haveria de arranjar, ele era o último a desejá-lo de volta. Assim, o seu filho mais novo iria em missão, assobiando, na amurada do paquete *Pátria*. O trotamundos do seu filho Walter. O pai contava.

26.

A sobrinha poderia ouvir se quisesse, e se não quisesse que não ouvisse. – O trotamundos não iria voltar a Valmares antes de partir para a Índia. O trotamundos estava apadrinhado. Deveria ter começado por fazer desenhos desde a primeira hora que havia chegado àquele quartel. Deveria ter desenhado milhares de pássaros com olhos humanos, tocando-se os bicos, ou milhares de figuras humanas tocando-se as bocas, circundadas por pássaros. Ele conhecia o filho que Deus lhe tinha dado. Ele não acreditava que Walter fosse o primeiro a espadeirar, o primeiro a zurzir, o primeiro a rastejar e a cambalhotear. Era a força do desenho, era isso que ele acreditava que estivesse na base do reconhecimento traduzido na tirinha de pano que fizera dele um cabo. O que ali se passava era outra coisa, subversiva, porventura. O mistério da ascensão de Walter, num local para onde o mandara a fim de ser punido, fazia-o cismar em manobras escuras, quando deveria pensar na forma como haveria de se dirigir aos Baptistas.

E Francisco Dias lembrava-se, em algumas noites de Inverno – em voz alta e diante dos próprios implicados – do momento em que pusera o pé na Estação dos Caminhos-de-Ferro de regresso a Valmares e vira ao longe o telhado da sua casa, e à medida que se aproximava, observava o seu filho Custódio labutando no pátio. Seu filho submisso, talhado para a resistência desde a poliomielite. Seu filho Custódio, sempre disposto a defender a conduta de Walter. Entrara em casa, acomodara-se à mesa a olhar para o seu filho de pé boto, sentado entre os outros filhos. E de repente, acontecera como se sentisse um petromax acender-se-lhe entre os olhos, pois era aquele o filho de que precisava naquela justa hora. Lembrava-se dessa hora, desse dia inteligente, desse minuto brilhante. Inclinarase sobre a mesa – "Custódio, tu não me vais faltar..." Fazia de novo frio sobre a estreita planície de arneiro. As amendoeiras despidas não pareciam árvores, pareciam teias. As figueiras estavam debruçadas para a terra como depostas. E eles dois, pai e filho, entendidos, apalavrados, pousavam o garfo e o guardanapo, engatavam um animal a um dos carros de capoeira e começavam a descer lentamente, conversadamente, na direção da estrada. Até que chegaram à porta dos Baptistas. Francisco Dias ia cauteloso, mas sentia-se bem com a sua inteligência e a sua honra. Era verdade que não trazia Walter, ali sentado a seu lado como deveria ser, como era justo ser, mas para reparar a falta desse filho mais novo, Francisco Dias trazia consigo o filho mais velho. E então bateram à porta e entraram.

Passada uma hora, Maria Ema, coberta por um casaco de lã, saiu da casa com um saco na mão e subiu ao estribo do carro de capoeira, amparada por Custódio Dias. Maria Ema recebeu o marido num sábado de manhã cedo, coberta por um casaco largo de astracã e veludo, um chapéu de feltro com pena branca. Mas não há registo, não há memória pública desse acto. Existia especialmente na conversa de serão de Francisco Dias, a maior parte das vezes feita para seus compadres, para que vissem como um homem inteligente age perante dificuldades inesperadas.

E a sobrinha, a distraída, não tinha que ouvir. Ou se quisesse saber, que soubesse, sentada nas cadeiras, de costas voltadas, como era seu hábito. Mas sabia.

27.

Sabia também que Maria Ema teria esperado por Walter, porque ele não ficava em silêncio, escrevia, mandava desenhos, ia mandando desenhos de pássaros à medida que avançava e avistava terra. Mandava a partir de São Tomé, de Luanda, de Lourenço Marques. Ia mandando para o seu querido pai e para o seu querido irmão, a caminho da Índia. Mas em breve todos perceberiam para quem mandava. Custódio sempre saberia. Em quarenta e sete as comunicações eram demoradas, os meses, longos, as tardes não tinham fim, as viagens, lentas, davam para pensar e voltar a pensar, criar figuras entre ir e vir, entre o que se pronunciava e o que se sabia. Cinco factos chegavam para povoar uma vida. Convinha que os factos fossem separados por água, por amor, por cartas. A ansiedade era ainda uma segunda natureza que se amarrava entre os muros. Os anos podiam correr, ainda que nem sempre se pudesse esperar. Ela, porém, esperava.

A filha de Walter ficaria a saber.

A prova é que Maria Ema não teria partilhado o quarto com Custódio Dias. O filho mais velho de Francisco Dias não entraria no quarto onde se deitava Maria Ema Baptista, senão depois do regresso de Walter proveniente da Índia, quando a filha de Walter tinha três anos, quando tiraram a fotografia juntos, nesse dia em que os três terão fugido na charrete preta. Os trabalhadores da casa pensavam que fora o próprio Custódio quem facilitara a fuga. Ele mesmo tê-los-ia levado de charrete até à estação. Ele mesmo os teria deixado livres, nesse dia de Verão, de cinquenta e um. Custódio já nessa altura tinha a rude alcunha de corno. O corno terá apadrinhado desse modo a fotografia dos dois, pai e filha, diante da máquina. O corno tê-los-á protegido. Ficou a saber-se que, durante umas horas, os três terão sido uma família. Mas o corno tinha a paciência dos cardos, o corno esperava. Dizia-se que o corno sabia, em cinquenta e um, que o outro iria abalar, quando a casa de Valmares ainda estava povoada pela multidão dos Dias, e que todos iriam unir-se para expulsar Walter.

Sim, disse-se. Que, nesse Verão, Walter tinha usado a charrete como nunca antes usara. Vestido de caqui, saltava para cima da charrete e corria, estafava a égua nas viagens. À carrinha e à égua, unidas, fora dada a alcunha de Charrete do Diabo. As mulheres encerravam as filhas em casa e as raparigas colocavam-se atrás das janelas para verem o furriel da Índia passar, presas, mudas, mansas, como ovelhas. Em Valmares todos esperavam o pior, à excepção do irmão mais velho que o aguardava como sempre, a olhar para a estrada – "Deixem-no andar. Cada um faz o que pode fazer e anda como pode andar..." – dizia Custódio. Só depois, meses depois de Walter abalar no *High-Monarch* para Melbourne, se percebeu que Maria Ema abrira o quarto a Custódio Dias, e ele entrou e começou a fazer-lhe os filhos.

Só depois da partida para Lisboa, Londres, Melbourne. Walter tinha começado por viajar em fato de linho, segundo os irmãos que o levaram à Estação de Valmares. Depois, talvez esse traje lhe viesse a custar muito caro, na versão de Blé. Não importava o que dissessem – Era desse modo que a filha o imaginava, a andar de porto em porto. Direito, de fato claro, um relógio dourado acima da mão esquerda. Se ele não tivesse vindo em sessenta e três, seria assim que a filha o teria herdado.

28.

Mas ela também costumava caminhar atrás de Custódio Dias. Apreciava o silêncio do marido de Maria Ema sobre a sua própria vida. Fascinavam-na aqueles passos assimétricos que ele dava, lentos, cautelosos, em volta da casa. Seguia-o pela rua fora, pelos passeios estreitos, pelas casotas anexas onde moravam os animais pequenos e as cavalariças onde as bestas grandes davam à cauda. Por vezes Custódio frequentava o velho armazém das domas para ir aí descarregar o que não prestava. Essa dependência ficava separada da casa, depois dum tapete de palha e de lama. Nesse lugar esconso dormia o pinto murcho, a galinha choca, a que não podia chocar e tinha um guizo na pata. Amalhavam-se os gatos podres, empilhavam-se as mesas quebradas, as floreiras sem pés, os melins das mulas mortas. Era conhecido pelo armazém dos trastes e era aí também que já se encontrava a charrete preta, no Verão insuportável de cinquenta e cinco. A filha identificava o seu leito escancarado como um ser vivo à espera de movimento. Mesmo coberta de poeira, aquela tinha sido a charrete de Walter. As pernas tremiam-lhe quando se afastava.

Mas no Outono desse ano já ela saltava sobre os varais da charrete e conduzia-a sem medo, porque durante o dia o campo era claro e de noite era escuro mas existia o revólver, no interior do quarto, e no armazém dos trastes, como por toda a parte, a filha de Walter estava segura, estava acompanhada pela solidão. Sem altura, sem cintura, sem formas, ela instigava uma égua que não existia, corria ao longo de estradas de macadame por onde nunca passara, e a coberto pelo escuro do armazém, levava sob o braço o papel almaço, as tintas Viarco e os lápis Faber. Mas como tinha as mãos nas cordas que refreavam o ímpeto da égua ausente, ela não desenhava pássaros, ela contava aos gritos, sentada nos varais, os pássaros que não desenhava. Outono claro como se fosse Verão. O Sol escondia-se, um raio ainda pousava, horizontal, entre a serra e a nuvem. Francisco Dias aproximava-se com as botas de cardas. Parava à porta do armazém dos trastes. Subia bradando, enquanto os Dias recolhiam a casa – "Está alguém metido no armazém dos trastes, em cima da charrete. Retirem quem lá estiver..." – Inverno escuro de cinquenta e seis.

"O que faz a filha da minha nora, em cima da charrete?" – gritava ele, na larga porta do armazém, noite cerrada, Primavera alta. – "Retirem-na dali!" – dizia para Blé, o manajeiro. – "Retirem-na para sempre daquele lugar!" Francisco Dias ignorava que não podiam retirá-la, mesmo que a retirassem, ignoraria até ao último dia da sua vida. Pertencia ao grupo dos que desconhecem que existe um intervalo entre o acto e o ser, um espaço indomável que ninguém alcança e que transforma cada homem na matéria humana. Mas como não sabia, ele perguntava – "Não tem medo, essa criança?" Quando Blé já a levava, enxotando-a como às galinhas. – "Porque não tem medo?"

Não, dentro do armazém dos trastes, ela não tinha medo. Na mão da sobrinha de Walter, de pernas firmes sobre o taipal da velha barcaça, a charrete transformava-se num transporte anfíbio, transformava-se num trem, num longo comboio, num paquete gigante que atravessava os mares. Ainda sem cintura, sem altura, sem mamas, sem dentes definitivos, a filha de Walter ia ao leme face à campina onde ondulavam os trigos, ia sulcando as lamas e as ondas, ia vencendo o vento e a humidade dos mares, o brilho das tardes sobre os mares, o breu da noite tenebrosa sobre as águas de todos os oceanos de que ouvira falar. A sobrinha de Walter não tinha medo. Era isso que inquietava Francisco Dias e o resto dos Dias que ainda não tinham abalado em cinquenta e sete. Não os inquietava a sobrinha de Walter, apenas os sobressaltava que uma criança não tivesse medo do escuro, nas noites em que a Lua escondia da Terra a sua face branca.

Inquietava-os que a sobrinha não precisasse de luz para subir ao quarto, que subisse as escadas e se deitasse sem acender um fósforo. A própria Maria Ema se inquietava. João Dias e Inácio Dias, que ainda não tinham saído para a América, também regressavam à mesa para comentarem tê-la encontrado no corredor, às escuras, esgueirando-se entre as pernas das floreiras, sem medo, como se fosse uma pessoa velha, e ela ainda nem era pessoa. Também Maria Ema receava que a sobrinha de Walter não tivesse medo, e por isso acendia-lhe a luz. Obrigava-a a ficar de luz acesa, a ver extinguir-se o petróleo junto da sua cabeça, para poder descer e dizer ao marido, ao sogro, aos cunhados e às cunhadas que tudo estava normal. Ela mesma acendia a luz para que a criança não tivesse medo do medo que não tinha, e Custódio Dias perguntava, preparando o fogo – "A nossa filha não ficou com medo?" Maria Ema curvava-se sobre a mesa, mergulhava a cara nos objectos que cosia. Sempre cosia – "Cada um tem o medo que pode ter. Não é?" – Inverno ameno de cinquenta e sete.

Mas Custódio Dias retirava a sobrinha de cima da charrete duma forma diferente. Aproximava-se do alpendre, com seu passo irregular, consistente, retirava a lanterna do bolso e, sem saber o alcance da sua luz, iluminava o caminho do *High-Monarch* através do mar. Por certo que ele também veria a água. Com a lanterna acesa, Custódio aproximava-se devagar, estendia os braços, retirava-a de cima dos varais, colocava-a no chão, pegava-lhe pela mão e conduzia-a a casa. A bondade existia, adquiria forma humana e por vezes confundia-se com o corpo de Custódio Dias. Ele levava-a, calado. Só ele sabia como a sobrinha tinha herdado a charrete de Walter.

29.
Em cinquenta e oito, porém, Custódio já a levava para uma casa onde apenas havia duas janelas iluminadas. Os irmãos Dias tinham definitivamente partido. Sonsos, tinham partido. E ela ficaria a saber que a sonsidão não é uma dissimulação, não é uma estratégia ou um cálculo, é uma natureza, o resto dum animal de preensão rápida, adormecido durante o tempo de espera, que existe acolhido na alma, enroscado, como se dormisse. Mas não dorme. Uma parte dele vela e

age à distância, nem por bem nem por mal, por natureza apenas. Uma espécie de vingança prévia saboreada antes, longamente, tenazmente, adormecidamente, com os olhos abertos, fechados. À espera. Fruto duma glândula, talvez. Pois a sonsidão não se aprende, nasce, surge, como no corpo o cabelo ruivo ou o bico-de-viúva, que apenas distinguem, classificam, mais nada. Assim a sonsidão. Com a partida dos Dias, ela herdou o conhecimento desse género humano, essa forma não catalogada, à margem das famílias dos mamíferos e das aves. O rosto dos sonsos, o lábio dos sonsos, o olhar dos sonsos tem um jeito, uma espécie de inteligência que colabora com a morte que existe no tempo. Assim os Dias. Enfim, talvez tivesse persistido neles a lembrança duma manhã de luta contra o estrume, deitada nas suas vidas, uma lembrança enrolada, à espera, à espera da partida. Uma ofensa, laborada neles sob essa forma.

Os Dias tinham começado a abalar, dois anos depois de Walter, avisando apenas a uma semana de distância. Ela lembrava-se de Adelina e seu marido Fernandes, o que estudara Electricidade, o que lhe ensinara a letra W de Watt e de Walter. Lembrava-se de Joaquim, de Manuel e suas mulheres. Talvez seus filhos e suas filhas. De Luís, João e Inácio, solteiros, lembrava-se melhor dos seus nomes e idades do que das suas caras, mas no conjunto, invocava-os submissos diante do pai, impotentes, obedientes como muares amestrados, e no entanto combinados entre si, laborando o projecto de deixar Valmares, sem falar, sussurrando entre dentes, pelos cantos, as mulheres deles com os lábios unidos. Adelina Dias dizia – "Não falávamos de nada, paizinho!" E o esquema repetia-se. Começavam a faltar em casa durante as tardes de domingo, depois as noites de quarta, depois durante noites indistintas. Desapareciam e voltavam tarde, e como se tudo conspirasse nessa conjura gerida pela natural sonsidão, nem os cães de guarda davam sinal de entrada. O pai montava espionagem, mas os espiões já estavam implicados. O esquema era idêntico. Quem iniciou o processo foi precisamente Fernandes, o marido de Adelina, depois os outros seguiram-lhe as passadas. Os filhos de Francisco Dias iam a São Sebastião estudar palavras estrangeiras, a partir dum dicionário Figueirinhas e dum *Inglês sem Mestre*. Lembrava-se de regressarem a casa, tarde, atravessarem o portão lateral, clandestinos, com papéis enrolados nas algibeiras das calças. Via-os um a um, à entrada do pátio, a receberem as palavras insultuosas de Francisco Dias, emagrecido e desorientado – "Sua corja, seus canalhas!" E eles sem responderem.

Aliás, eles não existiam diante de Francisco Dias. Só à medida que anunciavam que iam partir começavam a ter singularidade na casa, a ter identidade própria diante do pai, saíam do molho, do bando produtivo, da brigada de trabalho que formavam, para serem pessoas identificadas. Para serem chamados um a um, diante das malas que faziam de noite. Lembrava-se. Ao contrário dos outros camponeses que faziam da partida alguma coisa que se assemelhava a uma festa com seu laivo de funeral e de fanfarra, os Dias saíam sem rumor, sem avisar. Separavam-se das alfaias, dos animais, dos estrumes, das lavras, das mulheres, dos filhos e dos grandes quartos, sem ruído, como se fossem fazer compras de comboio e voltassem no dia seguinte. Prometiam ir e voltar num curto espaço. Eles não explicavam a Francisco Dias para onde partiam. Eles mentiam. Lembrava-se. Herdara a imagem da sonsidão pura. Os Dias libertavam-se do pai como coelhos. Silenciosos e rápidos como as lebres nos sonhos. Libertavam-se.

30.

Na noite da chuva, ela tinha nos olhos os filhos de Francisco Dias virando costas aos trigos, às cargas para cima das debulhadoras, às lavras, às jeiras, virando costas ao mundo dos campos de Valmares, para se entregarem a paquetes cujas fotografias ajudavam a alimentar a ideia do *High-Monarch*, a barca britânica que levara Walter. Via-os libertarem-se, silenciosos, combinados, soltando gritos temerários por cima do mar. Primeiro Fernandes e Joaquim, em cinquenta e três, depois Manuel e Luís, em cinquenta e quatro, João em cinquenta e seis, Inácio em cinquenta e sete. Afastando-se, desaparecendo, sumindo-se maravilhosamente ao longe, afundando-se em trabalhos estranhos e árduos, confundidos uns com os outros, mandando ir de seguida as mulheres e os filhos, para não voltarem, para serem mais ferozes e mais duros com Francisco Dias, para ultrapassarem os actos de Walter. Trazendo de volta o próprio Walter.

Sim, é preciso que Walter saiba, esta noite, em que regressa, como a filha tinha herdado o vazio da casa de Valmares, as portas imensas, as bandeiras de vidro por onde entravam as luzernas e onde se espelhava a passagem dos passos. O silêncio da casa vazia, o eco de cada quarto, dos corredores que os uniam, das madeiras escuras cruzadas. Como tinha herdado esse espaço de silêncio, de expectativa, o quarto dos altos no meio dos outros quartos, herdado o domínio sobre o labirinto. O espaço multiplicado entre as paredes, o xadrez das sombras, a repetição das portas, a simetria delas, os vãos onde eles não estavam, e com a partida deles, tudo se enchera da presença de Walter. Também para Francisco Dias, Walter voltava, mas agora dum outro modo. Tirava o chapéu, irritava-se – "Foram na peugada dele, ele é que os veio alvoroçar com aquela história das notas de conto de réis, em cinquenta e um. Ele é que deu o exemplo. Ele é que os empurrou para fora. Ele!" E Francisco Dias, ele próprio, queria fazer a lavoura, não dormia, acordava às quatro da madrugada, fazia erguer Alexandrina e Blé, e chamava da rua, antes que as estrelas desmaiassem – "Custódio, vem cá!" – gritava ele, desfalcado de braços no trabalho. Mas eram gritos bons. Eram a prova da longínqua resistência de Walter. Onde Walter estivesse, estaria de costas viradas. Estaria bem.

31.

Sim, ela sabia. Maria Ema não resistira. Tinha deixado delapidar o fardamento do soldado. Havia faltado a Maria Ema a capacidade de espera, a coerência, a dureza e a fixidez necessárias para esperar por Walter, como sucedera com a sobrinha. Porque cada vez mais ela era a sobrinha de Walter. Mas não importava. Por silencioso que fosse Custódio Dias, por mais que a tomasse ao colo e a levasse sentada nos seus joelhos no carro de capoeira, ela esperava pelo outro, ao contrário de Maria Ema que não tinha esperado. Logo em cinquenta e três, Maria Ema havia-se virado na contraluz da porta, e no alto do seu corpo um vulto tinha crescido. Um vulto semelhante a uma bolsa. Maria Ema possuía uma bolsa cheia, pendurada da sua estrutura de mulher. Ela não tinha dado por nada, não compreendia o que tinha feito crescer e deformado o corpo de Maria Ema, mas mesmo sem decifrar o mistério, percebia-se que havia cedido ao outro. E de seguida, umas atrás das outras, três bolsas cheias, três filhos parecidos com ele e com ela. Ela usava uma bata plissada e uma saia cujo cós não tinha fim. E porquê?

Porque Custódio a passeava de trem, a levava a Faro, a levava ao cinema para ver o Charles Boyer, deixava-a dançar com as primas e as irmãs na Sociedade Recreativa, enquanto ele ficava parado na zona do bufete. Porque ele lhe comprou um casaco de marta-zibelina que ela só poria duas vezes por ano, e haveria anos em que nem o poria. Levava-a ao Cabeleireiro Lírio, trazia-lhe meias de nylon, trazia-lhe móveis lacados, um esquentador Vacuum, um rádio Luxor, uma aparelhagem sueca para ela, às tardes, poder dançar. Revistas em que se oferecia a identificação, em alternativa, com Michèle Morgan, Vivien Leigh e Ava Gardner e a partir daí se definia o carácter duma mulher. E Custódio fazia isso tudo contra o seu pai, a economia do seu pai, a empresa familiar baseada num princípio de poupança rara. Francisco Dias guerreava com Custódio Dias, fazia as pazes com Custódio Dias. Afinal ele aumentava a família com novos netos, no momento em que os outros filhos e os outros netos partiam com destino ao Canadá, Estados Unidos, América do Sul. Como se estivessem empenhados em separar-se pelo mundo fora, como se quisessem construir o inverso dos estados unidos de Francisco Dias. Era como se a mesa familiar, ano após ano, se estilhaçasse e cada uma das partes fosse ter a uma região do mundo. Até que, no final de cinquenta e oito, Francisco Dias aceitou que se iniciasse o estado perdulário promovido por Custódio Dias. Na imensa casa de Valmares, já só havia um filho, embora esperasse por todos os outros. Fosse como fosse, Francisco Dias atravessava as propriedades laboradas por estranhos e bendizia a hora em que Deus lhe tinha dado um filho de pé boto, porque esse nunca partiria, ficaria ali humildemente a esperar pelos outros. E ao cuspir na terra, pensava em Walter Dias, o trotamundos, o anunciador da dispersão da casa, com despeito, com todo o desamor, com verdadeira raiva. A imagem da carlinga onde tinham morrido os dois estrangeiros, ali tão perto do seu pátio, e a secreta esperança que nessa altura tinha tido, trazia-lhe de volta a ideia de que um homem sonha sobre o que Deus desdenha. O próprio tempo lhe parecia falso e desdenhoso. E fazia-se noite.

32.

Noites calmas, estupendamente tristes do ano pacífico de cinquenta e nove. Fechavam-se as portas e em casa apenas havia três adultos. E Francisco Dias queria saber – Donde mandava as boas-festas o trotamundos, o embarcado? O dividido? Aquele de quem não se poderia dizer é isto ou aquilo, de tantas coisas que era e nenhuma era? Este ano, ele mandou da Florida uns pássaros semelhantes a tordas. A Florida ficaria na América? E o Canadá? Já não se encontra no Canadá, nessa baía Fundi, onde comeu o peixe cru?

Daí mandava ele martins-pescadores, caçando peixe. Tinham gravata prateada. O dinheiro que gastava por lá em lápis de cores daria para comprar os morgados que estavam à venda em torno de Valmares. Agora o trotamundos descia no globo terrestre. Estava nas Antilhas. A fazer o quê, nas Antilhas? Fizesse o que fizesse, nos intervalos do que fazia, pintava pássaros amarelos que dizia serem do tamanho de moscas. Ele não tinha intervalos, só desenhava e pintava. Não era possível, ele tinha de fazer alguma coisa para angariar dinheiro para se deslocar sobre as águas. Não nos podemos esquecer que há modos de vida que consistem em servir nos barcos. Francisco Dias sobressaltava-se – Um filho de Francisco Dias a servir em barcos? Miserável, trotamundos miserável. Mas não era verdade. No dia seguinte, recebia-se carta e dentro dela vinha desenhada uma águia. – "Está em terra, porque desenha águias."

Donde mandava as águias? Da Índia, quando lá tinha estado. Não, da Índia tinha mandado, sobretudo, pavões e corvos. As águias, tinha-as mandado de Angola. De Angola, não, do Brasil. Já ninguém sabia. Mas Maria Ema sabia, embora não dissesse, só dizia se Custódio perguntasse. Nesse caso, ela sabia. Ele mandava araras do Brasil, rabijuncos do Panamá, cegonhas de Casablanca, beija-flores de Caracas. Ela, sim, sabia. Custódio mostrava ao pai como ela sabia. Francisco Dias enfurecia-se. A sua nora, mulher legítima de Custódio Dias, não devia conhecer daquele modo os locais por onde andava o cunhado. Não tinha de decorar os selos das cartas dentro das quais ele mandava os desenhos dos pássaros, pois os pássaros para Francisco Dias deveriam ser todos mais ou menos os mesmos em redor do mundo. E ele, o trotamundos, em vez de mandar fotografias e postais como os outros filhos faziam, mandava desenhos de pássaros. Penas, só penas. O que sabia o trotamundos para além de desenhar penas? Atrás dele, levantava-se à sua passagem uma chuva de penas. Pobre de quem alguma vez fora na sua peugada. Maria Ema, curvada entre Custódio Dias e Francisco Dias, ficava em silêncio. – A filha sabia-o, muito antes de Walter a ter visitado na noite da chuva.

33.

Também sabia como durante cinco anos Francisco Dias ficara suspenso do regresso dos filhos, e como a pouco a pouco, sem que houvesse o menor sinal que lho anunciasse, ele havia começado a viver um El Dorado de espera que nada tinha a ver com a realidade. Na casa magnificamente vazia, onde só de onde em onde se ouviam passos, ele imaginava um regresso colectivo que iria acontecer, presenças ausentes, vivas, figuras concretas, que se moviam circundadas de bolívares e dólares.

Dinheiro, um rio de dinheiro desaguava individualmente junto aos pés de cada um desses filhos, e todos juntos, formando só um, deslizavam, serpenteando, mês após mês, na direcção de Valmares. Ele não se importava com o sulco feito na neve onde se enterrava, muito ao longe, um dos seus filhos, arrastando toros de árvores atrás dum camião que não conseguia acompanhar – *Aqui, fazem contas de nos matar e mal nos pagam – Nova Escócia* – tinha escrito um deles, Luís Dias. Nem o incomodava o escuro duma mina sob uns lagos, onde trabalhava Manuel, meses a fio sem ver a luz do Sol, porque ele não existia nem em baixo nem em cima, no dizer do próprio. A fotografia mostrava-o com um chapéu de lata e uma luz na aba, um balde na mão, a cara luzidia do esforço. Nem se importava que um outro ficasse submerso sob casas de madeira que derrubava a golpe de alferce. Não queria saber da vastidão da paisagem onde se perdiam umas vacas, esses bichos leiteiros, redondos, que Francisco Dias odiava. Nem imaginava o que faria, nas colinas de Caracas, aquele que tinha narrado numa carta a forma como se recusara distribuir pão de porta em porta, como o carteiro em Valmares. Também ouvira a leitura das cartas feita por Custódio sobre a dureza do trabalho num Caminho-de-Ferro que não tinha fim, e por onde caminhava esforçadamente o genro Fernandes, andando cada vez mais para lá, para o lado poente do Mundo. Havia até uma delas, dirigida a Adelina, que tinha uma dedada de sangue. Qualquer coisa como – *Desculpa, Adelina, não gostava de te enviar esta carta, mas não tenho aqui mais papel nem tinta, e preciso de mandar hoje notícias minhas, de contrário não sei o que faço, pois tenho os dedos gastos até ao sabugo das unhas...* Tão-pouco queria saber das mulheres que tinham ido depois, atrás deles, com os filhos e agora viviam separadas deles, morando em quartos pequenos de madeira. Não queria saber. Aliás, os Dias escreviam pouco e eram avaros em falar de si mesmos. Mas a escassez de pormenores fortalecia a imaginação de Francisco Dias. Sabia do seu paradeiro apenas vagamente, e tudo o que sabia não queria aprofundar, parecendo-lhe fazer parte duma narrativa intercalar, sobre um mundo intercalar cujo sentido se desvendaria por inteiro quando eles voltassem – De resto, não lhe dizia respeito.

Como se os filhos e o genro estivessem a passar por uma prova iniciática, em que os passos fossem obscuros e dolorosos mas necessários, ele não queria conhecer os pormenores da passagem, só queria a passagem. Queria que os filhos chegassem ao fim e lhe dissessem, rápido, que já se encontravam milionários. Ele via-os voltar, tão certo quanto as batidas do relógio da sala, para gerirem as quantias de dinheiro que fluíam na direcção da sua casa, com a liquidez das nascentes. A ele não lhe interessava nem a morte nem a vida dos Dias. Não lhe interessava o sentido do antes e depois. O antes era apenas o seu pai que lhe tinha deixado a casa, e o depois, os filhos indistintos que a haveriam de aumentar. Nada antes, nada depois, nada longe e nada interno. Os horizontes da terra eram tudo o que lhe interessava, o seu deus conhecido a quem dedicava a disciplina da vontade. A honra, o amor, a vida só se justificavam se transformados em hectares de terra. Convoco esse tempo em que ele vivia eufórico, ao contrário do sentido do tempo, enquanto a neta balbuciava sílabas de línguas antigas com a superstição de que ainda outra vez seriam modernas. Durante cinco anos, unidos pelo mesmo espaço, desunidos por esperanças desencontradas. Lembro-o esta noite, para que Walter saiba.

Francisco Dias chegava a pedir a proprietários, que se desfaziam à pressa de montes e carrasqueiras, para aguardarem pela chegada do primeiro dos filhos. Adelina e o seu marido laborioso, bem como todos os outros, estariam para chegar. Ele acreditava. Levantava-se de noite para mandar Alexandrina limpar a casa de Valmares à sua espera. E contudo, ainda não era no dia seguinte que eles voltavam. Como os próprios cavadores saíam, fronteira fora, Europa dentro, acossados pela escassez, e os que permaneciam, achando-se a si mesmos imprescindíveis, faziam-se caros, Francisco Dias começou a gerir o pousio, a suspender o arroteio das figueiras, a fechar as colmeias, à espera dos filhos. A cada família que abalava e deixava a casa a cair e o terreno a criar urtiga, ele imaginava comprar o que ficava abandonado, para fazer aplanar e transformar o cultivo. Passeava entre as terras incultas e as casas sem telhas das redondezas como se já fossem propriedade sua. Ele haveria de ficar com tudo, haveria de ser senhor da terra que por toda a parte sobejava. Esperando. Para ele, alguma coisa estava a acontecer mais determinante do que a invenção da roda. Uma grande esperança rondava Valmares. Nós dois separados pela ideia do futuro e pela mesa sobre a qual comíamos.

Não trocávamos palavras nem nos entendíamos – Eu achava que os Dias não voltariam mais, enquanto Francisco Dias já ouvia os seus passos ao fundo da rua. Todos eles haveriam de voltar rápido, todos eles haveriam de regressar ricos, menos um. – "Menos um, menos um!" – gritava ele, levantando-se da mesa. Porque Walter, esse, não voltaria.

E de súbito, no Verão de sessenta e dois, uma carta de Walter. Mandava vários desenhos de pássaros-do-frio, mergulhões do Norte, voando sobre uma superfície de água, e numa prosa de letra certa, ocupando toda uma página, dizia qualquer coisa de extravagante que foi necessário ler várias vezes. – Walter Dias escrevia que tencionava voltar.

34.

Que carta era aquela?

Francisco Dias apoiou-se na mesa para não cair. Não podia ser. O trotamundos jamais voltaria. A vocação dum trotamundos era não voltar ao local da partida, a menos que não pudesse mais deambular pelo mundo, e a paragem forçada no mesmo lugar lhe lembrasse a terra donde provinha. O trotamundos, se não estava com doença nem em vésperas de morrer, jamais iria voltar àquela casa. Podíamos dormir descansados, dizia Francisco Dias. Seu filho Walter contava trinta e oito anos, estava no auge da trotamundice, e por isso não viria. E se viesse, se acaso se desse esse acaso, seria para engendrar alguma coisa estranha, tenebrosa talvez, num momento em que a casa de Valmares, entregue às passadas irregulares de Custódio Dias, mais precisava de paz, enquanto os outros não regressassem. Não, não viria. E para que não viesse, para que nunca lhe passasse semelhante ideia pela cabeça, seria preciso escrever imediatamente uma carta argumentativa, dissuadindo-o de vir. – E como seria a carta? Francisco Dias sorriu.

Seria uma carta carregada de cores sombrias que ele mesmo escreveria por seu próprio punho. Uma carta negra, dissuasora de qualquer regresso, pois o trotamundos tinha andado por demasiados lugares, ao contrário de seus irmãos que se haviam fixado em regiões seguras e ricas. Era preciso dizer-lhe, ser explícito. Ele não podia vir cá. Walter estava habituado a transportes rápidos, paquetes, aviões, comboios de longo curso, não sabia estar parado nem deslocar-se ao sabor da sua própria passada nem obedecer aos passos lentos dum animal. Ora na casa de Valmares, só havia transportes vagarosos, caminheiros junto da terra, entalados entre bermas, ondulando entre pastos. Os transportes que havia estavam reduzidos à utilização menor, a mais utilitária e prática, a mais barata também. Por isso, que não viesse cá.

Aos carros de capoeira haviam sido retiradas as capotas que jaziam no chão, e eram agora objectos sob os quais as galinhas de Alexandrina iam fazer a postura. Grandes covos. A carroçaria era aproveitada para o transporte de géneros, palha, alfaias, movimentos necessários para fazer produzir o solo, cada vez mais duro. Alguém estaria a ver Walter Dias vir de tão longe para subir à carroçaria nua dum antigo carro de capoeira? E havia o trem. O trem encontrava-se arrumado, era alvo de cuidados e limpeza de Blé, mas na verdade, a parelha de bestas que o puxava tinha-se tornado demasiado assimétrica e só a paciência de Custódio o fazia funcionar. Alguém estava a ver Walter Dias conduzir uma carruagem puxada por uma parelha desemparelhada? Ali em casa, ninguém estava a ver. E Francisco Dias ditava-se a si mesmo, em voz alta. Tão-pouco a charrete prestava. Essa havia sido arrumada no armazém das domas, a capota retirada, pendurada do tecto, os panos tinham passado de brancos a negros. As teias e a poeira tinham feito desse objecto de transporte uma vasilha velha que se deveria queimar numa fogueira, num próximo Inverno, para aquecer os dois cavadores que restavam.

Não contasse com os cavadores. Se ele estava a pensar em voltar, ainda inclinado para a charrete preta, teria de saber que as éguas que a puxavam haviam desaparecido há muito. Já nada disso existia. Então o que vinha fazer o trotamundos àquela casa? – Perguntava Francisco Dias, escrevendo sobre o papel os nomes correctos do filho, em vez da alcunha que ditava.

Mas quando chegou ao fim, hesitou em fechar a carta. Releu-a. A sua mão tremeu. Era como se tivesse acabado de revelar a si mesmo o estado da sua lavoura, firmado em papel e tinta.

Seria verdade o que acabava de escrever? Seria que a sua casa, a sua empresa, a sua representação de império poupado e produtivo se tinham reduzido àquela decadência? Porque demoravam a voltar os filhos emigrados? Porque não escreviam? Ou escreviam tão poucas palavras, no verso dos postais? Porque se comportavam corno traidores? Francisco Dias percebia que acabava de reproduzir, pela primeira vez, e sem que ninguém lho tivesse pedido, a crua realidade da sua própria vida. Demorou a terminar a carta. Mas terminou-a corno devia terminar, escrevendo definitivamente – "Deste modo, meu filho, não venhas cá mais".

35.

Viria sim, viria cheio de saudade da casa, dizia Walter nas poucas linhas duma carta cruzada. As suficientes para deixar, que parte do papel servisse para o desenho dum pássaro. Um animal do frio. A carta não deixava dúvidas – O trotamundos queria voltar.

Voltava. Mas ele não compreendia porque voltava. E voltando, por que razão Walter não ia pernoitar numa pensão à beira-mar, e voltava para casa se em Valmares não havia espaço? A moradia de dezoito divisões estava atravancada de despojos, de vazios, de objectos que faltavam, cheia de ausências, de partidas. Não havia lugar para quem vinha. Se fosse outro filho que voltasse, tudo seria diferente, seria bem-vindo, os espaços estavam à espera, nem permaneciam limpos e arrumados com outra finalidade, mas era logo aquele, o indesejado, que voltava. Resumindo, numa casa atravancada por tantos que tinham saído, não havia lugar para Walter.

Francisco Dias percorreu o corredor várias vezes, seco, alto, curvado, com o pescoço rígido, olhando de lado como um bloco, batendo com a bengala em cada porta. Havia trinta e muitas portas naquela casa, mas nenhuma delas ele achava que deveria ser aberta para seu filho Walter. Lá longe, do lugar donde mandava aquele pássaro, era o lugar dele. Ele sabia, ele pressentia que essa ave de arribação não vinha trazer boa novidade, vinha destruir a harmonia entre o casal que sustentava a casa, meter-se entre Custódio e Ema, perturbar o pai, alvoroçar os três sobrinhos pequenos, confundir a sobrinha já moça. – "Não, não venhas cá!" Mas Custódio impôs-se. Custódio tinha a coragem própria dos que perderam tudo ainda antes de terem começado as batalhas e amava o irmão, aquele que tinha a parte que a si mesmo faltava. Era como se viesse a caminho a outra metade de si. Por ele, Walter voltaria já. E estava assente que voltaria em breve. Segundo os papéis que mandava, cada vez mais curtos, sempre assinados com pássaros, o trotamundos chegaria pela tarde de 22 de Janeiro de sessenta e três.

36.

Era Dezembro de sessenta e dois. Esse ano e esse mês caminham para dentro desta noite, para que Walter conheça os dias de Maria Ema. É ela a quem vejo.

A mãe dos sobrinhos de Walter, dum momento para o outro, ficou diferente. Sem nunca se pronunciar sobre a visita do cunhado, caminhava nas pontas dos pés e permanecia parada enquanto Francisco Dias escrevia e lia cartas para

Custódio ouvir, lia com voz de bombarda – "Não venhas cá, não venhas cá!" Seguia-se nova discussão. Não passava pela cabeça de ninguém que Francisco Dias quisesse fechar a porta na cara dum filho que o visitava. Maria Ema caminhava sem ruído até ao fundo do corredor, inclinava a cabeça sobre as roupas, desinclinava a cabeça, levantava-a na direcção das alfarrobeiras postas na terra em forma de navios de velas verdes. Os navios de folha perene, em Dezembro, vicejando na terra, deslocavam-se a uma velocidade invisível como animais primitivos que lhe falassem. Maria Ema via. Desinclinavase da roupa, pousava a roupa no cesto, voltava através do corredor, parava, sobressaltava-se como se uma sombra da casa se movesse e a agarrasse por trás. Estremecia, encolhia o peito nos ombros, o rosto escondido. Escutava. Através da porta da casa de jantar, Francisco Dias lia de novo – "Não venhas cá, não venhas cá, filho Walter!" A discussão prosseguia. Maria Ema atravessava, apressada, o comprimento da casa. Ia de janela a janela, topo a topo, da casa quadrangular. Ia e voltava, séria, como se estivesse a fazer alguma coisa séria. Mas não ia fazer nada. Por vezes, num excesso de energia, verificava as maçanetas das portas, rodava-as, experimentava a sua resistência. Avançava na floresta das portas. Vendo bem, a casa cheirava a alfazema, cheirava a mudança. Nunca, por nenhum Natal, Maria Ema mudou tanto objecto. Porém, quando Custódio Dias surgia na porta, coxeando, ela suspendia, parava a mudança. Ficava com as toalhas suspensas, as louças no ar, a chamada por Alexandrina a meio do nome. Alexandrina assistia. Parava também. Maria Ema caía em si. A sua vida e a sua alma estavam desdobradas diante de todos com a nitidez dum mapa. Blé dizia para os cavadores que restavam – "Vem aí o Natal do soldado Walter". Era um Natal que só aconteceria no fim de Janeiro. E assim foi. Convoco o dia de Natal de sessenta e dois em que Maria Ema vestiu um vestido de seda.

Lembro o frio que soprava nesse dia, e a imagem de Maria Ema, em vestido de seda, próprio do Verão, diante do espelho. Os filhos, aos saltos, esperam-na na rua. O carro de besta está preparado. E ela está em pé, no primeiro andar, olhando-se para além do espelho. Atrás, Custódio observa-a, e também ele a vê para além do espelho. Sobre a cama, estendida, como uma pessoa que espera por outra, de braços abertos, o boreal casaco de marta-zibelina.

De súbito, as mulas param, os guizos parecem não existir. Existe um silêncio de vidro, no interior do quarto. Nem ele nem ela falam. Ela está prisioneira dum devaneio que se reflecte no espelho, está diante da imagem reflectida, esperando. Sozinha, em silêncio, espera. Não há cartilha possível para aprender a declinar essa silenciosa tragédia. Custódio, então, avança para ela, para os ombros despidos de Maria Ema, e diz que a temperatura está baixa. Diz mais, diz que ainda é cedo, que Walter ainda não está a caminho. Estaria se viesse de barco, mas vem de avião. Ele ainda nem fez a mala, fará na véspera da partida que será só dali a vinte dias, a acreditar nas cartas. – "Ainda não" – diz ele. – "Ainda não?" – Diante do espelho, Maria Ema regressa, embora não demonstre quanto regressa. Só depois retira o vestido. Fica em meias de nylon, presas com ligas por cima do joelho, fica em combinação de cetim, as costas e os ombros nus. O penteado desfeito. Maria Ema ergue o vestido, e sem grande movimento, como se as mãos fossem pás de aceradas tesouras, toma-o pelas costuras do decote e rasga-o. O rosto branco, os olhos fixos, o vestido a abrir-se ao meio. O vestido em pedaços, em frente do espelho. Maria Ema dirigiu-se para a cama, enrolou-se na cama, no fundo da madeira, no interior das roupas, como se habitasse as suas tábuas, as suas costuras, para só de lá emergir decorridos vários dias.

Dentro de oito dias, três dias, dois dias – Como na contagem do Sputnik. Para que Walter, esta noite, saiba.

37.

À distância, o tempo que iria iniciar-se parece um entreacto, uma rápida cena que decorre entre uma porta que se abre a Leste e uma outra que se fecha a Ocidente, e entre essas duas cortinas, ocorre um sussurro, um sobressalto, uma excitação, como se a areia fria do Inverno fervesse. Um vento soprando do interior da terra açoitasse os vestidos, as abas dos casacos, as copas dos guarda-chuvas. E tudo isso tivesse acontecido durante um só dia, uma só hora. Antes o silêncio, depois o silêncio. Como se esse tempo tivesse sido escavado no século para condensar a vida. Porque tudo o que aconteceu teve por finalidade aquele tempo, e tudo o que veio depois dele decorreu como a réplica desse tumulto, desse foguete, essa combustão ocorrida no interior da casa e que se repercutia na vegetação, nas nuvens velozes que passavam em forma de peitos de rola, provenientes do mar. Vinham das ondas, passavam as falésias, avançavam por cima da campina e iam desembocar seus dilúvios abruptos junto às serranias do barrocal. Era difícil dizer se essa bênção sucedia pela espera dela. A espera de Maria Ema.

O dia da espera.

Maria Ema tinha trinta anos, estava no esplendor da vida. Penteava o cabelo em forma de canudo em torno da cabeça, um penteado usado nas revistas por Ingrid Bergman. O canudo começava nas têmporas e descia aos ombros. Estava a pintar-se. A pintar-se para dois homens. Sei, vi, chamo esse momento. Custódio estava de novo junto dela e ele mesmo lhe estendeu o objecto da maquilhagem. Ela sabia. Havia um jogo de desespero nele, resolvido no passado, de que resultava essa magnanimidade. Ele atravessou o quarto comprido, de tábuas, e entregou-lhe o estojo.

Mas a pintura de Maria Ema resumia-se a uma tira de bâton. Não usava mais nada. A transformação residia na boca.

A carnação branca empalidecia, de encontro ao rosa-vivo da boca. A boca de Maria Ema ficava uma verdadeira rosa, uma rosa nacarada, brilhante, que lhe avivava os olhos, lhe compunha o cabelo, lhe estreitava a cintura, lhe punha o pé mais esguio, o tornozelo mais fino, as mãos mais lisas. A pintura da boca revelava-a inteira. Era inexplicável como isso acontecia. Ela, porém, só o colocava em grandes ocasiões e nos dias da missa. Agora estava a desenhar os lábios em frente do espelho, diante do qual três semanas antes desfizera um vestido. Mas já estava refeito, já estava cerzido, esse vestuário mais íntimo do que o vestido. Ela estava diante do espelho, com outro vestido, de lã azul, pintando a boca rosa, um pouco de laranja e um pouco de canela, um traço de vermelho. E nácar, como se usava. Ela metia o rosto para dentro, soprava-o para fora, esticava os lábios, afinava os lábios, passava o bâton pela décima vez, enquanto lá fora os animais atrelados ao trem escarvavam. O irmão coxo tinha trocado de bestas, gasto nove contos de réis que não deveria gastar, para que os animais tivessem a mesma altura. O irmão de Walter queria que Maria Ema se apressasse para irem buscar o antigo soldado Walter, depois furriel, depois viajante, agora não se sabia quem era Walter. Ele mesmo, Custódio Dias, tinha trazido o bâton. Maria Ema ainda retocava a boca. A diferença entre estar pintada e não estar era tão radical como estar vestida e estar nua. Obviamente que estava nua.

Como é que um camponês coxo atravessaria o quarto e entregaria à mulher o bâton, no dia em que ela espera o seu irmão, se não estivesse nua? Como é que um homem poria a sua vida e o seu amor em risco, diante do seu irmão, se não houvesse uma nudez profunda da parte dela? E no gesto de Custódio, a paixão, o amor, mais do que o amor, talvez a cópia da perfeição. Walter não vinha só da Austrália, vinha de África, vinha da África do Sul, da Tanzânia, de Angola, vinha das costas da América do Sul e do Caribe, das Antilhas, vinha do

Norte, da América do Norte, das terras frias do Canadá. Trazia um pedaço do mundo atrás de si, a alma do mundo, o sentido da deslocação através do espaço. Como se Custódio soubesse que para si não houvesse mundo, como se tivesse perdido, desde sempre, tudo o que já deveria ter perdido e nada lhe restasse senão a doação, o estender da toalha, a entrega do bâton. Entregava-o. Ela pintava a boca. Levantava-se. O cabelo em canudo e a boca pintada. Era-lhe difícil suster a alegria. Maria Ema assemelhava-se a uma ilha dilacerada que ora emergia ora se afundava. Tinha estado afundada durante oito dias, agora surgia resplandecente, com os lábios cor-de-rosa-nácar. E então, no momento em que ela encerrava a tinta dentro do tubo, quando todos estávamos quase preparados para ir buscá-lo, os animais trabalhando o solo, junto ao trem, Walter chegou. Chegou de táxi.

38.

Ouço o rodado do táxi e o próprio táxi. Walter chegando ao pátio e os animais, irrequietos, a escavar perto do trem, os animais em sobressalto, parando. O deslizar suave do táxi sobre a lama, depois sobre a pedra, o rodado brando dos pneus chegando. Em sessenta e três, o táxi era ainda um transporte raro. Dentro do táxi escuro vinha um homem de gabardina clara com cigarro aceso. Primeiro saiu a aba da gabardina, em seguida a mão com o cigarro, a seguir saiu a cabeleira curta, o corpo apareceu por inteiro, mas só depois, quando nos olhou, sobre a calçada, surgiu o soldado Walter.

E nós encontrávamo-nos, à porta, para recebê-lo. Não tínhamos electricidade mas possuíamos telefone. Custódio Dias havia mandado montar na entrada, para servir Maria Ema e a população em volta. Walter telefonara a dizer em que comboio chegaria. Mas em Lisboa, não tinha suportado o horário dos comboios, e alugara um táxi. E chegava, no momento em que, aprisionados pela cor dos lábios de Maria

Ema, ainda não estávamos prontos. Mesmo ela ainda não tinha procurado o casaco de zibelina nem a mala de mão. Ainda não havia composto os ombros, ainda não tinha calçado os sapatos altos. Custódio ainda não tinha vestido o sobretudo castanho. Francisco Dias ainda não tinha posto chapéu nem samarra. Os sobrinhos de Walter ainda não tinham os cordões dos sapatos atados. O filho mais velho de Maria Ema, isto é, a filha, ainda tinha o rabo-de-cavalo desfeito. E era assim, nessa pressa, nesse estado incompleto, com as bestas fora do velho trem, a vassoura e o óleo ainda arrumados às rodas, era assim, antecipadamente, que Walter chegava. Chegava de gabardina aberta, um fato azul-escuro a luzir por baixo, duas malas de viagem e um cigarro apagado no lajedo. Ele diante de nós, e nós sete, surpreendidos, perfilados. E então começaram os abraços.

Walter abraçou Francisco Dias com grandes abraços, rosto no rosto, mãos nas costas, peito com peito. Walter abraçou o irmão, rosto com rosto, unidos nos corpos, no peito. Os mesmos abraços, as mesmas palmadas. Walter apertou a mão de Maria Ema, beijou-a nas duas faces, um beijo de cada lado, chamando-lhe irmã – Minha querida irmã! Levantou à altura dos ombros cada um dos meus irmãos, seus sobrinhos, e pôs um beijo em cada face da mais velha, a sobrinha. Ele mesmo disse – "Abraça o teu tio Walter!" Ele mesmo disse. Todos disseram. Estavam combinados. Disseram – Chegou o teu tio Walter! Ela disse. Maria Ema tinha apenas pouco mais do dobro da idade da filha de Walter e disse. A alegria de Maria Ema fazia de si uma cana à deriva do vento. O vento, o sopro, a vida provinha daquele corpo que chegava, aquele corpo irradiante, conhecido, estupidamente, por soldado Walter. Ela mesma disse, gritando – "Vai, corre, abre a porta do quarto do tio Walter!" Isto é, parecia mentira, mas Walter Dias estava ali em corpo e alma, estava voltando, tinha chegado.

39.

Walter Dias entrou, tirou a gabardina, sentou-se à mesa, a lareira foi acendida, ele esfregou as mãos diante da lareira, sacudiu o cabelo ondulado, manteve o cachecol vermelho sobre o fato azul-escuro, limpou as solas dos sapatos na serapilheira da laje. Sentou-se à mesa. Serviu-se da terrina estendida por Alexandrina, esperou que lhe falassem, que lhe pedissem para falar. Estava à disposição das perguntas, e no entanto ninguém perguntava porque tinha voltado Walter Dias à casa do pai. A sua figura era suficiente para falar por si. Voltava como volta o que está bem com o espaço por onde passa, o domina, o não conflitua, o recebe, o enfeita, o valoriza, o potencia e o explica. Walter estava ali, e não precisava dizer porque vinha, porque a sua chegada, só por si, constituía uma razão bem explícita. Francisco Dias, na cabeceira da mesa, como antigamente e sempre, também aceitava. Alguém, por acaso, perguntava porque tinha voltado do estrangeiro o soldado Walter? Ninguém. Ele mesmo disse, suspirando fundo – "Pois bem, aqui estou de volta, meu irmão!" Disse, batendo na mão de Custódio, a cunhada ao lado. Nem nesse dia nem nos dias que se seguiram, alguém perguntou. E choveu.

Choveu. Durante vários dias choveu, a casa ficou cercada. Era como se a chuva quisesse que os oito nos juntássemos em torno daquela mesa. A espaços, a água era diluviana. Ouvia-se bater nos telhados, nos vidros, nas portas fechadas, nas pias transbordantes, nas ampulhetas rebentadas. É Janeiro de sessenta e três, estamos cercados pela chuva, já o disse. Mas por mais que o diga não é fácil ultrapassar o som dessa água em fúria. Ela ainda domina, sufoca, entra por esta noite luarenta e transforma-a, molha-a, enche-a de ruídos líquidos. Esta noite está atravessada pelos dias da chegada de Walter, em sessenta e três. Depois se disse que ele trazia a manta dentro de uma das malas. Não vi, não sei. As malas foram abertas no quarto que Alexandrina e Blé arrumaram, caiaram e enceraram. Na altura, ninguém falou dessa manta. Depois, muito depois, inventaram a presença da manta nessa chegada, mas não importa. Importa que a chuva nos trancou aos oito dentro desta casa. As nuvens vinham das ondas, atravessavam as falésias, avançavam por cima das campinas e iam desabar os seus volumes de água junto às serranias do barrocal. A chuva, as poças, o lago branco em que se transformou o faval cercaram-nos a morada. Estamos cercados por essas esquadras de nuvens que zunem, ao passar sobre os telhados das casas. Os dois cavadores estão parados debaixo do alpendre, movendose, em pé, sobre as botas duras, cardadas, protegidas como ferraduras. Também eles estão prisioneiros das águas, prisioneiros do tempo, em frente de nós, ao lado, arrumados às paredes, sabendo que lá dentro existe um homem diferente, existe Walter. Todos já avistaram a figura de Walter. Ninguém pergunta o que trouxe Walter Dias de visita, ou de regresso a Valmares, de regresso à casa do pai. A pergunta é outra, dentro do doce cárcere de chuva. A pergunta é de Maria Ema – "Durante quanto tempo irá chover?" – Maria Ema em pé, de costas, afastando os cortinados da janela, e Walter avançando na sua direcção, a inspeccionar as nuvens volumosas, brancas e cinzentas, mediterrânicas. Nos dias da chegada.

40.
   Durante dias, uma semana, duas semanas de chuva? Parte dum dia? A noite multiplica-se por noites, o dia divide-se em vários dias de água, caindo entre o céu e o faval, água fina, dura, lisa, brilhante, caindo em cordas, em peneira, em cascata, entre súbitos escampados. Mas dia e noite são só uma unidade, em torno da mesa e do chiado da lareira. O lume, a mesa. Os oito, em torno da mesa. Porque veio Walter Dias? – Que pergunta pretérita e inútil.
   Ele esclarece, logo no segundo dia.

Veio para explicar a seu pai e a seus sobrinhos, a seu irmão e cunhada, como é a vida na Austrália, os solos fugidios, as casas de madeira, as fazendas longínquas, as tempestades de areia, os fogos nas florestas, inapagáveis, o recorte da costa. Ele em Camberra, em Sidney, em Melbourne. Como são as pessoas, como são as festas. Como é a Índia, como é África. Sínteses de sínteses elaboradas a partir da vista, do olfacto, o encantamento ou o nojo que manifesta não têm nada a ver com o escrito, é só seu, narrado, como se estivesse de novo a abrir a rota do mundo, uma alegria pueril, adolescente, encantada pela descoberta dos limites das terras, as suas semelhanças e diferenças. E já no fim, outras sínteses – A Índia para seu gosto tem demasiados óleos, tudo é lustroso, até o mar, de tanta alga, parece azeite. A Austrália é longe demais, a África é selvagem demais. Depois o mundo iniciou uma mudança, uma nova desavença. Ele sabia porque tinha estado na Índia. África estava a ficar a ferro e fogo, iria ser imparável, ele previa males para esses locais. As pessoas pacíficas deviam partir. O mundo é grande, mas há sempre aqueles que se apegam a um lugar. Ele, não. Em todo o local se pode viver, desde que se possa partir para o local seguinte. E haja prosperidade e paz. Por ele, prefere a América. Os seus irmãos fizeram bem, escolheram a América do Norte. Ele mesmo vem de Ontário, onde o mundo é outro, a vida é melhor e existe tranquilidade. Lá uma pessoa trabalha e tem tempo para tudo, se quiser, tem dinheiro para prosseguir viagem e tem tempo para desenhar. Não, não vende desenhos, quando os faz, se alguém gosta deles, dá. Francisco Dias desconfia, mas não consegue ter argumentos contra. Pela primeira vez pensa que, possivelmente, ter uma ocupação decente pode não ser incompatível com os desenhos dos pássaros.

41.

Sim, também falou de Valmares, mas o que ele disse foi surpreendente. Abandonou a lareira que atiçava para dizer que seu irmão e sua cunhada deveriam desembaraçar-se daquela casa e daquelas terras, antes que deixassem de ter preço, para investirem num empreendimento à beira-mar. Que não valia a pena iniciar a mecanização em terras dispersas, separadas umas das outras por quilómetros de distância e altos muros de pedras. Antes que outros assaltassem essa indústria, eles deveriam investir no sector do lazer. O lazer e o ócio, era tudo o que daria dinheiro. O lazer iria ser a grande fonte de riqueza, a grande fonte de desenvolvimento, de mudança, de alteração do mundo. O lazer iria ser um modo de vida, uma finalidade, uma causa. Era preciso que alguém investisse na exploração dessa causa.

Mas Francisco Dias desconfiava do sentido daquelas palavras. Para ele, lazer lembrava-lhe Lázaro, e lazarento, lazarado, eram conceitos tristes. Como poderia o lazer criar dinheiro? Mesmo separados que fossem, ócio e preguiça, como poderiam essas palavras estar associadas a rendimentos seguros? Como podia uma indústria depender da vontade de descansar dos outros? E se os outros não quisessem descansar? Se quisessem trabalhar sete dias por semana, como ele sempre fizera, durante toda a vida? Lazer, lazer, não era indústria por que trocasse uma só fazenda da sua casa. Alguma vez o lazer poderia dar dinheiro? Que tipo de lazer poderia ser útil? – Perguntava o pai do trotamundos a quem tratava por filho, olhando-o, desconfiado. Mas não é verdade que Walter tenha insistido com Francisco Dias, que o tenha punido ou ameaçado, como se disse. Pelo contrário.

Walter acabaria apenas por ser mais concreto. Chovia, continuávamos cercados, e ele disse que tinha vindo para dizer que tudo iria mudar. Que a mudança não se faria dum dia para o outro, mas iria suceder, já começava a suceder, ele sabia. Walter Dias vinha dizer que estávamos a tempo de mudar a casa de Valmares para outro lugar. Que devíamos fugir do que iria acontecer, como diante duma tempestade ou dum incêndio. Um incêndio branco, uma maré negra que nos deixaria perdidos, no meio da planície. Era preciso vender a casa, sair, abalar, transportá-la para outro lugar. E aí, Francisco Dias deveria irritar-se, deveria sacudir aquela imagem do filho pródigo, diante dos seus quatro netos, mas não queria responder, ou não precisava, porque tinha uma segurança, um trunfo – O seu filho Custódio era um homem com um problema num pé, jamais embarcaria. Cuidaria de tudo até os outros chegarem.

Vejo Francisco Dias nessa hora da conversa familiar, esse ajuste de contas com a gestão comum, esse acto sagrado da espécie. E na verdade, os olhos do pai riem porque o artelho de Custódio é uma âncora que o amarra, pela graça de Deus, que ofereceu aquela doença ao filho mais velho, lhe deu uma bóia ao seu barco, à terra, à casa. Aquele pé torcido de Custódio é a salvação da sua fortuna, da sua honra, da honra dos Dias que ficaram. É o que nos prende ao bom tempo do passado, quando a casa de Francisco Dias era uma empresa, e ao bom tempo do futuro que se aproxima. Não podemos ir, não podemos largar a terra.

A terra era a terra esparsa, a que, depois, os Dias acusarão Walter de ter chamado império de pedras. E a casa onde fazíamos o lume e nos abrigávamos, de ser a sede esboroada desse império. Mentira. Eu era a mais velha de entre os sobrinhos de Walter. Ouvia tudo o que Walter dizia, as suas palavras, as suas hesitações, respirações fundas, retenções de fumo, suspensões de cigarros na direcção dos lábios. Eu, então sua sobrinha, ouvia tudo, e nunca ouvi ele dizer que a casa de Francisco Dias era um império de pedras. Talvez os irmãos Dias o tenham confundido comigo, anos mais tarde. Eu, sim, haveria de lhes dizer, haveria de lhes escrever que aquela era uma casa de paredes podres, carrasqueiras bravas, um império de pedras. Maria Ema e Custódio ficaram sob esse império como lagartixas, passeando numa cisterna romana, abandonada. Escrevi-o. Mas Walter nunca disse, nunca ofendeu. É mentira. Ele era ele próprio, não era eu. Não importava.

42.

O trotamundos, um homem viajado, trazia um fato azul-escuro, um pulôver de lã, tinha gestos distintos e desenhava pássaros para os seus sobrinhos pequenos verem, através do planisfério, como eram a fauna e a flora do mundo que ele conhecia. Ele sabia e ensinava. A sobrinha, mais alta do que os sobrinhos, observava os desenhos de longe, levantada, olhando por cima das cabeças dos irmãos. Via Walter avaliar a folha de papel, agitá-la, rodá-la, tomar o lápis, esboçar rápido, com gestos largos, e depois afinar detalhes, mergulhar na actividade de encher os espaços delimitados por superfícies coloridas, com o lápis para trás e para diante, o movimento contido entre os dedos. Às vezes eram desenhos rápidos que ilustravam apenas as espécies e os lugares onde os pássaros viviam, mas outras vezes os desenhos dele animavam-se de intenções, e da expressão dos animais desprendiam-se sentimentos como se tivessem alma. Os sobrinhos debruçados sobre a mesa, durante horas, a verem sair do papel um pássaro, outro pássaro, outro e ainda outro, bandos deles a escaparem-se da mão produtiva de Walter. Quietos, mudos, enquanto chovia.

Mas de súbito os desenhos terminavam, e os sobrinhos de Walter olhavam para Walter, mudos. Francisco Dias atiçava o lume, mudo. Custódio Dias olhava os pássaros desenhados e o fogo. E ela também entrava na sala, também ela muda, também ela na posição expectante, pressupostamente ausente, como se não se passasse nada. Mas era falso. A sobrinha de Walter sabia. Maria Ema entrava na posição de defesa e ataque, na posição de corrida. Em posição de chegada. Móvel, toda ela móvel, e como a sua cabeça, coroada pelo caracol pendido, rodasse em todas as direcções, a sua respiração, aquém da chuva, provocava um sopro envolvente na casa, misturava-se com o ruído do chá e potenciava-o, e o ruído do chá transformava-se numa cascata fervente. A sua mão tremia, o chá saía do seu curso, as asas das loiças tocavam nos copos do vinho. Criavam-se manchas vermelhas no meio da mesa. Ela dizia – "Ah!" Os dois irmãos precipitavam-se, acudiam os dois ao mesmo tempo. Ela ria para os dois com a mesma boca pintada. Percebia-se que Maria Ema tinha pintado a boca só para Walter. Era uma mulher no auge da juventude, tocada pela visitação do amor, incendiada pela fogueira do desejo, colocada in extremis na proximidade do abraço. O amor, a entidade da máscara rosada, pousava-lhe a mão no ombro, empurrava-a na direcção do corpo humano onde fizera a sua morada. Vejo-a inclinada para a mesa, com a vasilha branca nas mãos, ruborizada, as pernas trementes, o cabelo tombado, erguer-se, correr com a vasilha na direcção da janela e exclamar que vinham aí grossas nuvens arrastando a trovoada. "Ah!" – Dizia de novo. Os três filhos pequenos de Maria Ema corriam para junto da mãe, Custódio afastava os filhos da janela, afastava Maria Ema da iminência das trovoadas, tomando-a pela cintura, afastando-a do vão da janela. Francisco Dias apagava o lume, Alexandrina apagava as luzes, Walter acalmava todos. Desfazia-se o relâmpago. Ele sabia que no Oriente havia tufões fêmeas e tufões machos, ele sabia das correntes horríveis, das tempestades que mudavam os leitos dos rios, ele conhecia as catástrofes naturais, as tempestades de África, as tempestades do Índico, o pio da alcíone anunciando a tormenta, as chuvas de Cabinda, as chuvas da Guiné, os trovões do equador que fendiam florestas ao meio. E depois, do outro lado, as nuvens, as tempestades brancas das neves, o sequestro das casas no meio do manto frio do gelo. O que eram aquelas nuvens que passavam pela costa sudoeste da Europa, esta porta mansa, onde tudo passava de raspão, sem intensidade, sem violência, comparado com as grandes revoluções da Natureza, o tufão da Florida, que ele nunca vira, mas ouvira descrever a quem vira, nas suas viagens através duma pequena parte do mundo? E ele, sim, ele sempre observava as aves. Fugidias aves. E como Maria Ema estivesse protegida pelos braços de Custódio, ela encolhia-se neles, diante de Walter. Walter Dias estava diante dela, dos filhos deles, do seu pai e da sua filha, a quem chamavam sobrinha, e do marido dela, a quem chamava irmão. Mas estávamos bem, estávamos na escuridão da tarde, encurralados pela chuva, pela trovoada que passava, abrandava, dispersava e voltava, refluía, como se nos quisesse para sempre levar, excitados, perplexos, confundidos, envolvidos num mar de água.

43.

Fosse como fosse, Francisco Dias não podia perguntar por que razão o seu filho mais novo tinha voltado. A razão estava ali. Onde ele estava, o espaço encontrava-se preenchido, não sobejava nada que fosse desperdício. Acocorado, entre a mesa e o fogo, falando para quatro crianças a quem chamava de sobrinhos, explicando, desenhando pássaros que não via, mas que sabia estarem escondidos, amalhados nas tocas, à espera que o temporal passasse, para mais tarde iniciarem os ninhos, ele sabia do cuco, do rabirruivo, do pisco, do fuinha, do abelharuco papador de figos, do rouxinol, da toutinegra. De cor, ele sabia onde se encontrava a plumagem clara, as penas escuras, as gravatas, os capuzes, as coroas, as faces, as ventas, os olhos, as longas penas das caudas. Falava alto – Para se desenhar um pássaro, seja ele qual for, deve começar-se por desenhar um ovo. Dentro do pássaro está sempre um ovo, a forma interna dele é essa. Depois de desenhado o ovo, lança-se em torno o que menos importa. As penas. Mas é preciso cuidado com as penas, elas é que lhe dão a beleza. É preciso ter a mão muito boa para pintá-las. Não há nada mais difícil do que pintar penas. Os sobrinhos iam buscar uma, ele separava-lhe as barbas, juntava-as, mostrava a flexibilidade e a resistência da ráquis, e depois dizia – "Agora vamos imitá-la". Mas depois lembrava que elas se dispunham aos milhares por camadas, que por vezes sabíamos que estavam lá mas já as não víamos, que se transformavam em tufos lisos, e que se fechássemos os olhos só veríamos que um pássaro era uma organização de manchas. – "Vai sair um, só com manchas!" E ele pegava no carvão e no esfuminho e espalhava as sombras até encontrar as manchas. Exemplificava ele, durante a chuva. Convoco a chuva, o fim da chuva. – "Desenhe outro, e ainda outro, e agora um outro a voar!"

44.

Quando o temporal passou, a caminho do Continente, o faval era um lago de poças tão fundas que pareciam azuis, a friagem fez-se sentir e a geada criou lençóis da textura do vidro. O céu espelhou-se no vidro e na água. Walter envolveu-se na gabardina e telefonou. Disse que pagaria o telefone. Que esse tipo de despesa, durante aqueles meses seria por sua conta. E ele telefonava, pedia que telefonassem, ficava à espera. Quando recebia as chamadas, fechava a porta. Parecia ter um segredo para todos, preparar uma surpresa. Ria, Walter ria. Ele desconhecia o que os seus irmãos, depois, haveriam de dizer sobre o triunfo que o fazia rir junto ao telefone, mas agora ria. Ria muito. O riso de Walter. O rosto móvel, pouco carnudo, os dentes brancos, a tez morena, os olhos claros, os cabelos crespos, tudo isso a comandar uma gabardina larga. Cigarro atrás de cigarro. Finalmente, ele vai sair. Não quis usar nenhum carro de lavoura nem o trem. O velho trem que arrastava o outro século atrás de si como uma cauda derradeira. Apeado, Walter colocou botas de borracha e caminhou sobre os espelhos de geada, atravessou os favais congelados nesses espelhos, desapareceu no caminho que desembocava na estrada.

Do parapeito onde ficávamos, via-se-lhe a gabardina a luzir. Aonde iria? Regressaria? Durante quatro horas, pensou-se que esse homem nunca mais iria voltar. Pela cabeça de Francisco Dias, passou a ideia de que um trotamundos sempre seria um trotamundos, não mudava. Mas quando a inquietação já ganhava corpo, dentro de casa, ouviu-se um rodado. Corremos às janelas, descemos à rua, e pudemos ver que Walter voltava com um automóvel. Um grande Chevrolet preto, imaculado, superior a um táxi. – "Um carro!" – gritaram. Walter Dias, o filho mais novo de Francisco Dias, possuía um carro.

45.

Sim, era um Chevrolet preto de fios prateados, de estofos cinzentos, de tablier luzidio, de retrovisor polido, um recinto habitável, uma casa móvel para dominar aquele dia, a excitação desse dia. Francisco Dias à frente de todos, anestesiado, como se tivesse bebido uma poção de esquecimento face aos outros filhos ausentes. E o percurso entre o Ocidente e o Oriente ocorrendo apenas durante o espaço dum dia.

A corrida tem meta, tem veículo, tem condutor, tem passageiros, tem lama, salpicos de lama, máculas espúrias que sujam a superfície brilhante do veículo. Tem estrada, tem percurso, tem gritos. Somos nós, os sobrinhos indistintos de Walter Dias que gritamos. A própria filha, durante esse tempo, não se importa de ser sobrinha, e grita de alegria dentro da grande barca preta conduzida pelo tio Walter que é seu pai. Fingindo, sem qualquer problema, fingindo a troco daquela memorável alegria. – "Vamos?" – perguntava ele, saindo para a rua enlameada. Íamos. Sim, eu sou apenas uma sobrinha, não me importo de o ser. Podia até ser menos, ser só a primeira parte do nome, ou a última, ou apenas uma sílaba, desde que por ela me fosse consentido viajar dentro do carro do meu pai a quem eu chamava tio.

Os meus irmãos e eu. Gritávamos dentro do grande carro que Walter tinha trazido, na terceira semana, de regresso à casa de Valmares. Um automóvel gigante, um mastodonte de grelha de metal como os garfos de prata, almofadas de camurça cinzenta como as luvas. Era uma coisa pura. Lembro-me – Se nesse tempo ele viajava com a manta no tejadilho, como depois se disse, eu nunca vi. Se a colocava na bagageira, nunca reparei. Se existiu então uma manta de soldado viajando connosco, o continente afogava o conteúdo, nós mesmos éramos devorados pela vasilha rolante, pela grande barca coberta cujas velas concentradas se encontravam debaixo dos pés de Walter. Nenhuma manta ausente ou presente importava, nem mesmo para aqueles que saberiam da existência duma manta. Nós apenas nos entregávamos de corpo e alma à deslocação, como a uma natação em que não fosse necessário fazer movimento algum. Ali íamos no espaço coberto do grande carro, amontoados através de caminhos e estradas, percorrendo a noventa à hora a 125, rasgando, a essa velocidade brutal, a paralisia dos campos. – Esses primeiros dias fazem parte do momento que se prepara, um momento para o qual tudo converge, uma estação de alegria que se aproxima, e ainda lá não se chegou, ainda não fizemos a curva nem nos inclinámos para ela. A gargalhada maior não começou, estamos cheios de riso e ainda não gritámos. – Também nós agora já não perguntávamos para que tinha vindo Walter, porque em breve iríamos conhecer a finalidade. O conhecimento da finalidade.

Sim, o carro aparecia para alguma coisa. O carro era um espaço assinalado. Mas sendo um carro tão grande, o seu volume e a sua capacidade tornavam-se pequenos para o número de ocupantes que deslocava. Isto é, nunca tínhamos estado todos tão próximos em simultâneo. A proximidade juntava-nos. Era essa a finalidade.

46.

Walter, de óculos de sol, abria-nos as quatro portas e fazia-nos entrar. Colocava dois passageiros à frente e cinco atrás. Na cena da distribuição e no alvoroço da ocupação dos assentos, havia alguma coisa de circo, como se entrássemos para dentro duma jaula dourada que nos levava e trazia à casa de Valmares. Os últimos cavadores em volta, e nós entrávamos. Primeiro Francisco Dias com o neto mais novo, entalado à frente, entre os joelhos, no assento da direita. Depois entrava Custódio Dias, para ficar ao centro, no banco de trás, seguido de Maria Ema e dos dois filhos, os de ambos, os do meio, e depois entraria ela, a sobrinha de Walter. Maria Ema ficava com a cabeça encostada aos vidros, ficava em frente do espelho. A filha, de quinze anos, entretanto, acomodava-se, no lugar oposto, encostada à janela traseira, a da direita, de modo a ver quem se olhava no espelho, de modo a ver Walter Dias. Mas a filha não era filha, era sobrinha. Só depois entrava Walter, depois de terem sido trancadas as portas. E assim partíamos. Todos unidos pelo mesmo châssis, puxados pelo mesmo motor, levados pelo mesmo destino. Era preciso encontrarmo-nos dentro do carro para que entre Walter e Maria Ema existisse apenas a distância duma mão. Sentada no banco de trás, entre o marido e os filhos, ela fincava os joelhos nas costas do banco da frente. Walter perguntava – "Está mal, irmã?" Não, não estava mal. Dentro do carro, Maria Ema estava sempre bem.

Com o casaco de zibelina sobre os joelhos, entre o marido e os filhos, as mãos junto do encosto da frente, ela estava bem. Ali estava ela, o casaco de zibelina, a proximidade voluntária dos nossos corpos e das nossas vidas. E assim, todos juntos, todos apertados na barca preta, de preto imaculado, salpicado pela lama, em Fevereiro de sessenta e três, atravessámos os campos encharcados, os favais nascentes, os trigos alagados, os fenos podres, as ervas daninhas pujantes, os muros limacentos, as portadas caídas. Íamos juntos, falando, criando uma onda que se avolumava, sobre uma jangada, sem nos podermos separar, sem nos podermos unir. Onde havíamos criado esse laço venenoso que nos atava? Que nos empurrava para o mesmo centro, e nos fazia afastar desse mesmo local? Íamos, íamos. Saíamos na direcção de Faro para fazer compras, ficávamos parados diante da doca a ver as gaivotas poisarem nos barcos. Tirávamos fotografias de grupo onde cada um ocupava apenas uma pequena mancha. Depois voltávamos, excitados. O que acontecia dentro do carro era incompreensível. A proximidade empurrava-nos, éramos uma massa de gente à deriva, alegre, cantando, ela falava, ele respondia, chegávamos a Valmares ruborizados. Era como se dentro do grande carro, Custódio Dias ficasse cego, Francisco Dias anestesiado e os filhos de Maria Ema enlouquecessem de energia. Todos queriam ir ver bater o mar, ir ver a altura das ondas. Walter virava a barca na direcção de Quarteira. Maria Ema inclinava-se para diante e respirava o ar do mar, respirava o perfume do seu cunhado Walter. Ficávamos surdos e cegos. Por vezes, eram apenas ele e ela, os dois, que não se apeavam para irem ver o mar bater, atingir-nos os sapatos e as meias com línguas de espuma. Eles ficavam nos seus assentos, muito direitos, à vista de todos, sem se moverem, sem se olharem. Imóveis, completamente imóveis, como pássaros paralisados. Esperavam pela nossa chegada. Regressávamos aos gritos, regressávamos a casa. Estávamos cegos, surdos e mudos face à realidade inarticulada. Não sabíamos, não víamos coisa nenhuma.

Francisco Dias também enlouqueceu.

Calçou umas botas de calfe onde não havia uma única carda e desceu à cozinha, local onde nunca entrava, nem para vigiar as obras, quando necessárias. Desceu, entrou de rompante, ficou entre a mesa carregada de trastes e restos, e a fornalha que ainda ardia. Eram um bom local para se dirigir a Alexandrina e dizer-lhe que o seu filho mais novo tinha regressado do Canadá, mais propriamente duma cidade que ficava à beira dum lago chamado Ontário. Sabia ela, por acaso, onde isso ficava? Ficava demasiado longe para ser explicado. Alexandrina encontrava-se espantada, entre os destroços da comida. O patrão disse-lhe, ameaçadoramente – "Acabou-se! Aqui em casa, nem você nem ninguém dirá que o meu filho mais novo foi soldado. Ninguém mais vai tratá-lo por essa alcunha. Ele tem um nome como deve ser. Chama-se Walter Dias, como eu, o seu pai..." – acrescentou, honrado com o que dizia. Na verdade, mesmo ele, Francisco Dias, tinha enlouquecido.

47.

Mas não era verdade. De noite, uns enlouqueciam mais do que os outros.

Ou então, de súbito, um instinto de sobrevivência funcionava, uma chamada de vigilância, um toque na alma, durante as noites frias que sobrevieram depois da chuva, acontecia. Porque eles, os dois, emitiam sinais claros, perceptíveis. Maria Ema e Walter Dias rondavam a desoras, pela casa. Todos sabiam. Por volta da meia-noite, ela passava no corredor, de candeeiro na mão, para ir buscar água e ouvia-se o roçar morno das suas chinelas. Em baixo, Walter saía para a rua, abria a porta, ouvia-se o trinco da porta, depois a porta do carro, ouvia-se a batida metálica e abrupta do trinco do Chevrolet. E de novo, ele entrava em casa com os passos espumosos dos seus sapatos de borracha e pele de búfalo. Calculando as passadas de um e de outro, deveriam ver-se em roupão. Viam-se, por certo. Se não se viam, era como se se vissem. Estavam cegos. Faiscava ali dentro um relâmpago sem luz. Custódio sabia, nessa altura eles dormiam, no quarto do Poente. Maria Ema levantava-se de manhã cedo, antes de Custódio, e ia encher a chaleira, ficava diante da chaleira à espera que fervesse. Sem se saber porquê, sem ninguém entrar nem sair, a porta do quarto de Walter abria-se e decorriam dez, quinze minutos de absoluto silêncio.

Então, começava a ouvir-se, como se fosse um sino manco, ou a batida dum badalo que só encontrasse uma das paredes do sino, isto é, começava a ouvir-se o andar assimétrico de Custódio Dias. As passadas irregulares batiam aqui, acolá, pendularmente, regularmente, avançando na direcção da cozinha. Paravam aí. Os passos de Custódio eram um aviso propositado. Francisco Dias também aparecia, descalço, em ceroula e samarra, ficando diante da janela do fundo a descortinar o tempo que iria fazer, a partir do último tremeluzir das estrelas. A Ursa e suas Guardas. Maria Ema abandonava a cozinha. E Custódio subia, ouvia-se de novo a marca do seu pé rombo. Como um bombo defensivo, ecoando na madrugada da casa, soltando, por eles e por si, o instinto guardião, o instinto de defesa de todos, pois, naquele momento, eles conheciam o perigo e o risco. Eles não o explicitavam claramente, mas no escuro mais escuro do ser, onde se sente o que não se exprime, eles sabiam que era impossível continuar. – Vai haver uma morte, pensavam sem dizer. Alguém vai morrer nesta casa. Ou então – Alguém está a mais, alguém está a mais entre nós. Havia quem pensasse, sentado na cama, o que os outros pensavam. E quem pensava, concluía que quem estava a mais era ela mesma, a sobrinha, a filha de Walter.

Quem estava a mais era eu.

Mas a filha de Walter adiava a consequência definitiva do pensamento e ficava à espera que uma bomba rebentasse, que, durante a noite, a casa de dezoito divisões explodisse. Que de súbito Francisco Dias acordasse e expulsasse um dos dois filhos para muito longe e o expulso não fosse Walter. Mas nada disso acontecia, porque nós não víamos o que todos viam.

48.

Na verdade, no exterior, Custódio voltou a ser chamado de corno. Custódio soube e não se importou. Íamos à missa. O avô, os netos, ela, o corno e eu, a família inteira, a que tinha sobejado das partidas e nascido da que tinha sobejado, a família metropolitana de Francisco Dias. Íamos embrulhados.

Ela ia à frente, coberta pelo casaco de peles, rodeada pelos quatro filhos, o sogro adiante, de botas sem cardas, Walter e Custódio atrás, ambos com sapatos de pele de búfalo. Ela ia pintada de cor-de-rosa-canela, uma gota de laranja, um traço de sangue nos lábios, a pele mate, os olhos escuros. O conteúdo humano da igreja ficava perturbado, as imagens também. Ninguém ousava lidar com aquele cometimento, que todos sabiam ser crime, ainda que não soubessem explicar onde começava o proibido e o permitido. A igreja fervia de perturbação, de risos abafados, olhares em redondo como o das moscas, o dos camaleões. Olhares que iam dos rosários, postos nas mãos, a S. Sebastião ferido, no alto do altar-mor, mas lá não ficavam, porque logo retrocediam na direcção dos Dias, levantados, sentados, ajoelhados, persignando-se como crentes puros. Era como se à Igreja de S. Sebastião tivesse chegado o pecado material, a falta corpórea, o espírito do mal disfarçado na figura dos Dias, liderados por aquele homem, por Walter, anos atrás, conhecido por soldado. E no entanto, havia distinção naquela inferioridade. Havia uma superioridade naquela situação que fazia afastar os olhares, que repudiava e mantinha à distância o rumor gerado. Os Dias eram intérpretes dum processo de combate, duma luta sem trégua, de defesa de si e de condescendência de si, levado até ao limite do limite. A prova de que o mundo tinha sido concebido errado. "*Orate pro nobis*" – dizia eu, antes deles. E depois levantávamo-nos, virávamo-nos, ajoelhávamo-nos, pela última vez, todos juntos como um todo, um animal doente que não sabe que tem a chaga ao alcance do olhar dos outros. E ainda por cima caminhávamos devagar, entrávamos no carro, exibíamos as quatro portas abertas do Chevrolet e entrávamos ocupando os lugares com o nosso habitual número de circo. Partíamos. Todos sabiam que um pecado original cobria a família, que nos encontrávamos obscurecidos pelo ferrado dum polvo gigante, tresmalhado.

49.

E veio o domingo à tarde, depois da missa e o aparelho Siera espalhando a música. Walter chamou – "Música para dançar!" A telefonia está a dar música para dançar. Ouço a música de dança do domingo à tarde, Março de sessenta e três. Custódio desceu com seu pé boto e encontrou Walter rodeado pelos seus próprios três filhos pequenos. Francisco Dias aproximou-se da telefonia, a olhar para a caixa, a sentir que era verdadeira aquela música. Música para dançar. Custódio Dias chamou para cima – "Maria Ema, música para dançar! É um bolero" Maria Ema desceu, sentou-se a olhar para a caixa de rádio. O seu pé batia de encontro ao pé da cadeira. Para dançar! Ninguém podia dançar. Walter afastou duas cadeiras e imaginou um par. Custódio disse para Walter – "Porque não danças com ela?" Walter pegou no braço de Maria Ema, ela colocou a mão esquerda em forma de pá sobre o ombro dele e entregou-lhe a mão direita. Custódio arrumou os sofás e restantes assentos junto à parede e o espaço alargou-se. Eles ocuparam o centro do espaço, e os três filhos de Custódio e Maria Ema, de joelhos e de mãos no chão, gatinharam balançando o corpo como gatos em folia, no espaço que sobejava. As crianças encontravam-se rosto com rosto e rodavam, como se fossem animais que dançassem sobre quatro. Maria Ema e Walter enlaçados atravessavam a sala de canto a canto, contornando as crianças. O irmão de Walter Dias perdeu a paciência com os filhos, retirou-os do centro do espaço, empurrou os para junto das cadeiras, fê-los sentar e ficar imóveis, com brutalidade. Ainda não tinha acabado de domesticar os filhos, quando na telefonia se disse que ia terminar o período de música para dançar. Os filhos de Custódio e Maria Ema bateram-se entre si, Custódio bateu nas cabeças de cada um deles, e Maria Ema, acabada de sair daquela posição de leveza estrangulada, rente a Walter, caiu sobre os filhos também, oferecendo-lhes bofetadas. Um dos filhos começou a chorar baixo, depois alto, depois aos gritos, de seguida todos gritaram e não se chegou a ouvir o final – *Senhores e senhoras, uma santa tarde de domingo, acabámos de transmitir música para dançar! Aqui estaremos no próximo domingo...*

50.

Foi no dia seguinte.

No meio do único dia, o esplendoroso dia que constituiu a visita de Walter, tecido, como se sabe, por noites e dias. A música para dançar tinha inspirado uma nova direcção para a viagem do Chevrolet. E se desta vez fôssemos para poente? Sim, vamos.

Avançámos então para poente. Avançámos de novo, tombando para o lado, quando havia curvas e galgando rectas, ao longo das quais nos endireitávamos. O grande carro, a caminho do Poente, levava-nos a todos através de prados, outeiros, terras altas, áreas sóbrias de vegetação, oliveiras carcomidas, figueiras baixas, e tudo isso se movia, se abria à nossa passagem, à passagem do carro preto onde seguíamos, em direcção ao grande, ao histórico promontório de Sagres de que nenhum de nós havia visto nada a não ser a luz do farol. Íamos como para uma merenda, com um cesto de fruta e uma máquina fotográfica ao ombro, e de súbito, o carro parou, saímos, o céu fez-se enorme, atravessámos um campo de pedras e ficámos diante do abismo.

Francisco Dias não podia acreditar que uma ponta de terra, que afinal ficava pegada à terra onde tinha a casa e as fazendas, pudesse conter aquele abismo. Havia vento. O mar batia em baixo, a surriada subia. Fomos ver a lente do farol. A grande lente de cristal. Como uma coisa última. Todos tínhamos perdido as palavras. Todos nos encontrávamos desfeitos. Não sabíamos o que dizer. A lente era uma seta indicando o abismo. A lente em forma de lua partida ao meio era um outro astro. A lente brilhava forte, a lente queimava de frio e de brilho. O faroleiro falava. Falava do fim do Continente e da descoberta do Novo Mundo, tudo o que Walter já havia dito, e agora não interessava escutar. Não interessava saber que entre Sagres e Long Island, antes, muito antes, perdidamente antes do antes, não existia a distância duma pegada. Que a superfície terrestre fora apenas uma, boiando dum só lado da esfera, mas não nos interessava ouvir essa dissertação geográfica. Interessava apenas que existia o abismo. A meia-lua de cristal era tão-somente o dedo indicador apontando o abismo. Saímos, e o vento parecia querer levar-nos na direcção de lugares que não tinham nome. Onde o mar perdia a designação de Atlântico para ser uma massa infinita de água, vogando, a terra deixava de ter qualquer designação de província ou continente, estrada ou cidade, para ser apenas terra. Os elementos estavam à nossa volta bramindo pelo regresso à antiguidade, rugindo, levando-nos, apontando-nos as roupas na direcção do abismo. Tudo o que tínhamos a fazer era encaminharmo-nos para dentro do carro preto, como quem regressa ao útero escuro, de volta, andando rápido, fugindo daquele lugar que nos atraía para o fundo do mar, o lugar em forma de cunha onde as ondas ruidosas batiam. Fugíamos. E então, a passageira do casaco de zibelina, em vez de correr connosco, na direcção do carro, correu em sentido oposto, correu no sentido do promontório, onde o vento passava sem uivar, forte, indomável, invisível, como uma tentação. Via-se do carro. Via-se Maria Ema tirar os sapatos de salto, arrancar o casaco e aproximar-se do limite. O coxo ainda fez uns passos desequilibrados na sua direcção, ainda ergueu os braços, ainda deixou que o vento o puxasse pelos cabelos, mas quem primeiro chegou junto à última nervura do promontório foi Walter Dias. Foi Walter quem a trouxe de volta, quem lhe compôs o casaco, quem introduziu no carro, quem a sentou à frente, lhe aplacou o choro, quem a retirou do abismo. Daquele abismo. Voltávamos agora de lugares trocados. Diante de nós, ele passava-lhe a mão pelo cabelo, segurava-lhe a mão nas rectas, levava a mão dela sob a dele, na direcção das mudanças. Afagava-a diante de todos, sem pudor, destemidamente, como se não houvesse testemunhas. Como se as costas dos bancos onde os dois se sentavam formassem um biombo que os escondia do mundo. O mundo que se sentava atrás. O mundo mudo. Os filhos pequenos mudos, sem saberem para onde olhar. Atrás viajávamos seis. Mudos. Tínhamo-nos sentado uns sobre os outros, éramos um monte de gado infeliz, regressando à casa de Valmares, dentro dum carro funerário.

Não poderíamos mais entrar naquele carro.

51.
Ele estacionou o carro ao lado do trem. Havia ódio nos olhos claros de Walter como por uma morte injusta.

Vejo-lhe esses mesmos olhos na madrugada seguinte. Ouço-o levantar-se, abrir as portas da rua, acender o petromax, arrastar móveis, deixar cair gavetas, caminhar pela rua ainda noite feita. Vejo-o sob as cores daquele fim de noite, que neste instante é esta mesma noite, e tanto numa como noutra, as folhas caídas das amendoeiras formam um tapete fino de massa, junto às sendas que rodeiam a casa. Esta mesma casa. A gabardina alveja denunciando-lhe o trajecto ao longo das sendas de lama. Walter está vestido, está arranjado. Está arrastando objectos para fora do armazém dos trastes. Arrasta papéis, roupas, pedaços de caixas, pedaços de domas, cabos de enxada, atira-os para o meio da terra. Puxa a charrete para fora do armazém dos trastes, com ímpeto de rudeza e desfaz a charrete à machadada. Na madrugada, ouve-se o machado partir a charrete, ouve-se arrastá-la aos bocados, empurrar o seu leito pelo declive abaixo, a capota que dependura e faz cair com estrondo. Rodas, varais, taipais, cangalho, postos num monte. As janelas de Valmares estão abertas na friagem da madrugada. Alexandrina e Blé ainda se aproximam com uma lanterna, ainda trocam palavras, mas recuam, afastam-se, estão como nós, estão encostados às paredes a presenciar a lida de Walter. Sabemos o que vai suceder. De súbito, no meio do frio extemporâneo da madrugada de Março, ergue-se o fogo que ilumina a frontaria e o pátio. Walter despede-se, consome as suas marcas, não voltará mais a esta casa.

E no entanto ainda o vejo à luz e à sombra do fogo, na friagem, no espelho da geada que derrete. A água lisa que escorre sobre a lama. Os cristais do frio, formando um vidro, a quebrarem-se. Ainda o ouço sair. Arrancará antes de o Sol romper, não voltará mais. Não voltará mais nada de Walter Dias a esta casa a não ser os boatos sobre si, sobre a lenda da sua chegada e da sua partida, tudo tão próximo e, no entanto, relatado com a imprecisão dum tempo medieval. Dele, dele mesmo, só voltará a notícia da distância, a notícia dos seus desenhos diferentes, conforme os locais por onde irá passando, e depois voltará esta manta, a confirmar o silêncio. O taipal do Ocidente havia descido do lado do mar Atlântico, em frente do qual, entre colinas de pedregulhos, e fitas de areia e caliça, tínhamos a nossa morada. Ainda a temos. O que é a nossa morada?

Mas eu ainda desci, ainda me coloquei no caminho. Ainda pus o meu corpo diante das rodas e ele ainda saiu do carro.

Ainda me cingiu a si, à sua gabardina enfarruscada da lida e da queima e eu ainda arrecadei o calor morno do seu pescoço, do seu cabelo caído sobre o colarinho, o seu hálito, o seu perfume. Arrecadei-os para sempre dentro duma curva taça. As últimas imagens de Walter, em Valmares, levantam-se da manhã húmida, fumegando entre geada, rompendo a custo a superfície da água. Fogo posto durante a noite, fogo aceso antes do clarear da manhã. Vejo-o como uma luz. Uma labareda tímida mas persistente na madrugada do Sul. As janelas estão abertas. Todos se encontram diante delas, incluindo Maria Ema, mas ninguém está ousando proferir uma única palavra, como se o abismo se tivesse travestido, mudado de espuma, de rochedo, de lugar. Depois é que veio o silêncio.

52.

Como poderia Walter ter dito, dias antes, durante a noite da chuva, que não lhe havia dado nada? Herdei a vivência rumorosa do que sucedeu antes do silêncio. Tornei-me herdeira da imagem dum amor, duma paixão envolvida no seu desencontro, e no entanto alta. Essa imagem atravessa o silêncio de muitos anos, dez, vinte, trinta anos, depois, o carro, que sempre se desloca sobre essa película fina, chega e pára, envolto em silêncio. Um aconchegado fantasma. Maria Ema e Walter vêm dentro dele. Embora eu saiba que nunca viajaram sós. Provam-no os retratos de Kodak. Tirámos retratos, ficaram retratos, abaulados como telhas. Maria Ema e Walter nunca juntos, sempre separados. Walter e eu separados também. Ele e eu sempre longe um do outro, tal como ela. Talvez eu fosse ela, ele fosse eu, não sei, ninguém saberá, a não ser um dia, longínquo, quando o nosso segredo for transmutado, o mistério do amor, escondido debaixo da terra, enterrado, florindo num outro lugar.

Porque ela deveria ter-se desfeito de mim, para ser ela mesma, durante a vida de mulher que merecia ter tido, mas não se desfez. Não soube, não tinha como nem com quê.

Não conhecia os caminhos para se desfazer da criatura que se enroscava dentro de si. Por isso, ela tinha-se deixado prolongar para além da sua vontade e eu tomava-me pelo pedaço necrosado dela. Ali estávamos, ela e eu, ambas longe dele. Eu sempre afastada dele. Separados por várias cabeças, não parecíamos pai e filha, como na fotografia primordial, não tínhamos mais o mesmo halo do cabelo encarapinhado. O meu rosto tinha partido noutra direcção. O cabelo, no Inverno rigoroso de sessenta e três, eu dominava-o com óleo e secador a ferver, desencrespava-o, queria ser outra, e por isso não me parecia mais com ele. Mas perto dos seus ombros criaríamos de novo a imagem da semelhança. Aliás, tínhamos feito a prova na noite da chuva, diante do espelho do psiché, alongado em forma de alga. O cabelo revolto de ambos era iluminado pela luz do candeeiro a petróleo, e ele disse-me – "Meu Deus, como nos parecemos!"

Mas se não tivesse sido eu, Maria Ema estaria ao lado de Walter, os filhos de Custódio Dias seriam duma outra mulher e os meus irmãos seriam filhos de Maria Ema Baptista e de Walter Glória Dias. Talvez só eles existissem, não eu. Eu era a filha dum acaso, dum ímpeto, dum desencontro de viagem, duma bruteza da juventude, da exuberância do corpo. Não, eu não existiria, só existiriam os meus três irmãos, filhos deles, do juízo deles e do amor deles, e assim, no carro, teria existido mais espaço porque o meu lugar teria sido desocupado por mim, que não existia. Então eu era a responsável por aquela barca preta ter vindo à nossa porta para se afundar. Era culpada, responsável, duma responsabilidade mais funda do que a culpa, porque nascida dum estado criado antes de mim mesma, uma condição herdada que me fizera à imagem e semelhança da própria culpa. Charcos, nuvens, praias, cruzamentos de estradas, todos os lugares por onde tínhamos passado, eram lugares para pedir desculpa por viver, pontos cardeais que indicavam rotas para sucumbir, abalando, desaparecendo, na fita da distância sem fim. Uma culpa repelente, a culpa maior que nós, sórdida como um suicídio lento, e no entanto, condescendendo comigo mesma, eu continuava a existir. Quinze anos. Esses anos faziam um pacto de silêncio com o quer que fosse, para existir.

Por isso dentro do carro, eu nunca tinha falado, só gritado, nunca uma única vez eu o tinha interpelado directamente, nunca me tinha dirigido a ninguém, nem aos meus irmãos. Batíamo-nos e socávamo-nos, eles mesmos insultavam-se entre si, mas eu nunca os chamava como se ali não estivesse. Mesmo nas horas de volúpia da corrida, eu tinha feito o supremo esforço de não estar nem presente nem ausente, para que eles não sentissem o peso da minha existência, para não agravar a minha culpa. Dentro do carro, eu sempre fizera silêncio, como quem guarda um dragão, sabendo que, uma vez solto, todos seríamos vencidos. Agora iniciava-se a última manhã, e o silêncio era atravessado por um ruído, o ruído do rodado, e esse ruído como uma argola fechada era formado do próprio frio e do silêncio.

53.

Aliás, a palavra fora dela, Maria Ema. Ela mesma me pedira silêncio, antes da chegada de Walter.

Depois de se ter levantado da cama, na sequência da cena em que havia rasgado a roupa de seda, quando começava a entregar-se à alegria de esperar por Walter como quem se entrega à euforia duma droga leve, ligada de novo à vida com a força dos trinta anos, Maria Ema tinha-me procurado, com o retrato do fotógrafo Matos na mão. Sabia que poderia começar pelo retrato que mantinha escondido em lugares impensáveis, mas Maria Ema mostrava-mo antes que Walter chegasse, porque queria pedir-me um favor, em nome dos meus três irmãos e do próprio Custódio Dias. O favor era o seguinte – Queria pedir-me que nunca trocasse os nomes, que sempre tratasse Walter Dias por tio. Pedia-me, pelo amor de Deus, que jamais me enganasse. Entre essa designação e a outra, duas palavras tão curtas, só havia duas letras de diferença. O que me custaria a mim trocar duas letras, dois sons? Perguntava ela. Eu deveria ter em conta o seu pedido, deveria colaborar, não me enganando jamais. – "Nunca te distraias. Peço-te!" – dizia ela, com os olhos brilhantes de recomendação. Maria Ema achava que eu deveria ser gentil e prestimosa, deveria colaborar na festa da chegada, mas contribuir principalmente com a minha discrição, com o meu silêncio, participar, acima de tudo, com a palavra tio. Contava comigo. E nós entendíamo-nos. Nós duas quase não falávamos e no entanto éramos tão próximas que, de súbito, diante dos vidros das janelas, olhávamo-nos e tínhamos a mesma idade. Ainda não fazia demasiado frio, ainda eram os primeiros dias de Janeiro de sessenta e três. Sim, desde essa data que estava selado entre nós o pacto do silêncio e da colaboração, e agora, diante do carro preto, sabendo que ia partir, colaborava com a partida. – Maria Ema pedira discrição e silêncio? Ali estava o silêncio. Chegava no fim do Inverno com a partida de Walter Dias.

Sim, tinha chegado a hora do silêncio, o século do silêncio, ele estava a iniciar-se com o ruído da fogueira no descampado, rente ao faval raquítico, nas encostas de arneiro onde assentava o quintal da nossa casa. Onde assenta. O silêncio apontava com o dedo o que iria acontecer, apontava o caminho do futuro da terra. O silêncio dizia que o céu seria assim. Um grande espaço sem nada, onde ninguém teria recordação de nada, onde não haveria ninguém para se lembrar de nada. Nada existiria no céu. Nem desejo, nem dor, nem lembrança de qualquer afeição. O céu seria assim. Os regatos congelados, as nuvens ausentes, assemelhando-se tudo a nada. Seria nada o céu. Que bom o céu ser um espaço aniquilado, o trabalho do homem dispensável, o amor em estado puro, parado. Isso seria o céu. Aqui na terra, ainda não. Ainda nos movíamos como animais, ainda traçávamos estradas, ainda tudo estava em movimento, mais que não fosse para tombarmos e então termos existido antes, depois termos existido muito antes, e por fim, já nem termos existido. Sim, assim seria o céu. A casa de Francisco Dias, naquela madrugada, começava a parecer-se com o céu – pensaria depois a filha de Walter Dias, escreveria ela nos cadernos escolares, protegida pelo revólver, deixado pelo pai, não esquecido, deixado. Agora, voluntariamente oferecido. Lembro-me desse silêncio, desse progresso em direcção à realidade do mundo, à espessura da matéria. Lembro-me de tentar mover-me contra o silêncio. E os sons que existiam e me faziam caminhar em frente, eu ia buscá-los lá atrás, a esse espaço de movimento veloz que tínhamos experimentando dentro dum carro. Nasciam da vontade de recompor o som espumoso dos passos de Walter. Ele regressava da rua inóspita de Valmares. Estávamos ainda em Fevereiro, no auge da surpresa, das corridas através da Estrada 125, no cúmulo da alegria, das ondas, da velocidade e do inebriamento de todos, incluindo o próprio Francisco Dias.

54.

Sim, o silêncio fora combinado com Maria Ema. Mas no cúmulo da alegria, a filha também havia experimentado o desejo de ultrapassar os estreitos limites entre os quais se movimentava e quis entregar-se à euforia de violar o prometido.

A transgressão dela consistia em esperar que ele, de noite, arrumasse o Chevrolet no alpendre do pátio e entrasse em casa pela porta lateral. O trajecto que o levava à sala implicava que Walter tivesse de percorrer o corredor das bandeiras altas. Devagar, ela abria a porta do quarto, ao cimo da escada, abria só uma nesga, e ficava a vê-lo passar num relance, auxiliado por aqueles sapatos de pele de búfalo que pareciam não ter peso nem forma fixa e o levavam tão rápido da sua vista. Ficava a vê-lo a caminho da sala e do seu próprio quarto, uma espécie de sombra com volume a passar para se recolher, para no outro dia a alegria recomeçar, sendo esse o único momento em que ele, sem saber, partilhava alguma coisa com ela de forma privada e única. Partilhava a passagem que fazia, corredor adiante, sem se virar. E ela começou a colocar-se entre a porta entreaberta para usufruir melhor desse instante. Não precisava que ele dissesse fosse o que fosse, nem que a visse, nem sequer que se virasse. "Não pare, não olhe, não me veja..." E uma noite ele virou-se e viu-a no limiar da porta. – "Não me olhe, não me veja, nunca suba..." E na segunda noite ele virou-se e viu-a no mesmo lugar. – "Não fique aí, siga em frente, não me veja nem me chame..." E ele tinha ficado parado, por um instante. A partir da noite seguinte, Walter começou a percorrer o corredor com passos leves, abafando o som de espuma dos sapatos, e ela pensou, no cimo da escada – "Não precisa ver-me nem parar nem subir..." E contudo ficava na porta entreaberta, à espera. Abria a porta antes de se iniciar a passagem de Walter, colocando-se no limiar, diante da luz, para assistir a esse instante. – "Não, nunca suba. Mas se uma vez quiser subir, se subir..." – pensava, sem se desviar do ângulo de luz do candeeiro.

E naquela noite de chuva, em que a água caindo oferecia um véu de protecção inusitada, e em que todos dormiam nos seus quartos, ela pensou que seria uma boa noite pare ele a visitar, e de tal modo pensou que não se colocou no limiar da porta, ficou no interior do quarto, à espera. Tinha a ideia duma esperança desabusada, um desejo faltoso, semelhante a um crime, e no entanto esperava que Walter, silenciosamente, como uma sombra, viesse vê-la. O que aconteceu – Ele tinha subido e entrado sem bater, descalço, com os sapatos numa das mãos, e alcançara o candeeiro – "Por favor, não grites! Não te movas" – dissera ele por sua vez. Não, ela não precisava dizer uma única palavra, e mesmo que precisasse, não podia. Ele tinha permanecido perto dela durante duas horas e meia, talvez três. Custódio ainda surgira, riscando a noite com aquele inconfundível andar e aquela lanterna, mas a sobrinha poderia ficar descansada – Jamais alguém haveria de saber que Walter Dias visitara a filha. O som dos seus passos, ao longo do soalho daquele quarto, estava fechado em círculo, com cadeado de diamante, dentro do seu silêncio. Pensava ela.

55.

Por isso, naquela manhã, enquanto Walter carregava o Chevrolet preto com as duas malas cintadas e os sacos marcados com o nome da companhia aérea em que tinha viajado, ela ainda correu até ao carro. Colocou-se diante das rodas, no meio do pátio, impedindo-o de partir. E Francisco Dias que se encontrava a uma das janelas ainda disse – "Retirem-na dalém!" Mas ninguém a retirou. Pelo contrário. Lembro-me como se fosse esta noite. Todos eles estão à janela, cada um assomando em seu parapeito e entre eles está Maria Ema. Em frente, o lume expande um cheiro a lenha, a carvoeira, a acidente, a objectos queimados, consumidos no ar. A filha desce, fica em frente do carro. E ele ainda quer arrebatá-la deste lugar, ainda lhe diz que deseja levá-la consigo. Diz que no Canadá os prédios são gigantes e as estradas cruzam neves a perder de vista. Que a vida é ampla, é livre, é outra. Tem tempo, para dizer, diante do Chevrolet. Diz-lhe que entre, que Toronto é uma cidade plana como ela não pode imaginar. Ali mesmo, ele estende, diante dela, uma civilização de distância, de poupança, de fortuna, de lucro e de ganho, de experiência, lá onde ela pode ter um futuro brilhante e um namorado que fale inglês. Lá longe. Longe é uma palavra coberta de brilhos solenes que ele agita, ainda no meio do pátio, como se não a tivesse pronunciado vezes sem conta, durante a noite da visita. – Sim, ela sabe. Ele aperta-lhe os pulsos, quer fazê-la entrar – "Entra rápido, entra!" Como se estivessem sós, como se fosse durante a noite da chuva, só que não tira os sapatos, não anda em silêncio, ele mesmo não tem medo dos passos de ninguém, naquela madrugada em Valmares. Pelo contrário, Walter diz em voz alta – "Entra, peço-te, pelo amor de Deus, que entres. Não fiques aqui mais!"

Mas ela tem quinze anos e é já uma mulher velha. Já imaginou cem mil sóis levantarem-se e outros tantos pousarem, e por isso ela sabe que o novelo está feito, e como uma mulher muito idosa de alma entrevada, ela sabe ficar onde está, sabe que é melhor não entrar. A rapariga velha tem quinze anos no Bilhete de Identidade, mas não é verdade. A rapariga velha é uma mulher muito antiga. Tem um século dentro da cabeça ou talvez mais, tem o início d'*A Ilíada* dentro das pálpebras, tem uma infinidade de mortos Aqueus e Troianos estendidos na sua língua, tem o fim daquele livro na cabeça e sabe que, há milhares de anos, tudo está amalgamado ao longo duma praia sob nove camadas de areia. Por isso sabe que não vale a pena dar um passo para mudar, a comédia é a mesma. Correr para diante é ir ao encontro do que ficou atrás. Ela ainda pensa que a barca preta do Chevrolet não pode rodar sem ela, que Walter não poderá passar. Que não poderá encaminhar-se, de faróis apagados, na direcção do caminho curto que desemboca na estrada. Ainda pensa, a rapariga muito velha. Até que sairá da frente do carro, e ele entrará num rompante e arrancará sem voltar a cabeça. – Nessa tarde, ela mergulhará nas palavras antigas e confirmará que tudo é igual. Que tudo sai dum ferimento já feito e tudo aí regressa. Uma fenda. Ela lê em voz baixa, na mesa do quarto, saindo dessa fenda pelo poder das palavras – "...*a Aurora de véu de açafrão espalhou-se sobre toda a terra, e eles guiavam na direcção da cidade...*" Porque ele ainda quis arrebatá-la deste lugar. Walter pensará, sempre, que mudando de lugar se muda de ser. Nessa manhã, o lugar de partida era este onde estamos. Herdei a partida de

Walter em sessenta e três. Herdei-a intacta e indivisível. Por isso, esta noite, Walter Dias não tem de subir compungido nem pedir desculpa de nada, nem deveria ter escrito contra si mesmo palavras tão áridas como são aquelas que desenhou, numa letra tombada para diante – *Deixo à minha sobrinha, por única herança, esta manta de soldado.*

56.

Então os dias que se seguiram foram um tempo de circunspecção, de espionagem e de avaliação do silêncio. Vejo essas semanas como um ensaio onde começava a erguer-se, por excelência, o corpo informe do não falado. Aliás, não era preciso falar. Walter Dias tinha partido porque não conseguira alcançar o que desejava, sem nunca o dizer, e o que tinha desejado encontrava-se agora à vista de todos como um anúncio explícito.

A própria Maria Ema estava diante de nós, como uma figura nua, vestida de transparência, como se fosse um objecto destinado à exposição. Indefesa, como uma coisa colocada no meio da sala para que todos olham. A sua nudez era tão material, tão genuína, que apetecia raptar a toalha da mesa e cobrir-lhe não só o corpo mas o ser, dispensá-la, furtá-la ao nosso próprio olhar.

Francisco Dias encarava-a, desorientado, como se só de forma póstuma tivesse compreendido o que se passara no interior da sua moradia. Custódio tratava a nudez de Maria Ema como alguém que zela por um vidro ao lume, em risco de se fundir ou evaporar. O objecto dele era de vidro. Alexandrina e Blé não a encaravam, entravam e saíam de olhos baixos, mas avaliavam as poucas mudas de roupa, os traços da sua comida, a prolongada ausência em relação aos filhos. E no entanto, nos afazeres, a princípio, Maria Ema comportava-se com normalidade. Inclinava-se para o lume, erguia-se do lume, lia revistas, *Selecções Femininas* que lhe mandavam pelo correio, romances das *Edições Romano Torres* que assinava. Mas o carteiro que chegava de bicicleta, para além dessas publicações, não trazia mais nada. Não trazia as cartas para Custódio Dias nem os desenhos que as acompanhavam. Decorridas algumas semanas, sem pudor, começou a sentar-se na beira da estrada, à hora de passar a bicicleta. O carteiro chegava, deixava um ou outro papel sem interesse e desaparecia na curva atrás das árvores de ramos esplêndidos, naquela época do ano. Até que Maria Ema se engripou com os fenos e recolheu à cama. Previamos o que iria acontecer. Nenhum de nós saberia quando iria levantar-se Maria Ema Baptista. Vejo-a. Lembro-me dela esta noite, em que Walter voltou a entrar pelo limiar da porta, como na noite da chuva. Vejo-a submersa em roupa.

Nem a vejo.

Metida na cama, coberta de roupa até à nuca, Maria Ema fica cada vez mais despida, fica nua até ao sexo, até outra parte da alma mais vergonhosa do que o sexo, mais íntima e solidária com o ser, mais interna do que o útero. Maria Ema tem a alma exposta. Quanto mais deitada, encolhida entre mantas demasiado quentes para a Primavera que explode em luz e pólen, sanfenos secando, favas ficando escuras, penduradas dos ocos caules, mais visível fica, pensando-se escondida na penumbra do quarto. Passadas semanas, alguém lhe abre a janela. São as irmãs e as primas, mulheres mais velhas do que ela que se aproximam com autoridade e se revezam. Umas vivem em Faro, outras em Lisboa, partiram de São Sebastião há alguns anos e voltam, a pedido de Custódio, munidas de energia para salvá-la. As suas cabeças tufadas, quatro altas torres endurecidas de laca, reúnem-se com decisão em torno de Maria Ema. Os tacões dos sapatos delas ecoam pela casa como enfermeiras na ala desolada dum hospital. Vasculham as gavetas, abrem as janelas, querem retirá-la da cama, fazê-la levantar-se, não podem conceber que esteja sucumbida pela visita de Walter. Na perspectiva das irmãs Dulce e Quitéria, ela entregou-se à saudade dum atrevido, um homem desonrado, e como não tem coragem para ver isso, a culpada é ela. Na perspectiva das primas Zulmiras, a culpa é dele.

Ele arrasta atrás de si energias más, tão más que sabe usá-las da pior maneira. Walter pertence ao grupo daqueles que se alimentam da vida dos outros. Sugam a alma e a energia dos outros, dos mais débeis, como os vampiros fazem ao sangue das vítimas inofensivas. Lá, onde Walter se encontra, as Zulmiras vêem-no progredir à custa da sorte daqueles que veio aqui sugar. A forma vampírica de Walter, na interpretação autorizada das primas, alimenta-se, naquele instante, da vida de Maria Ema, da vida de Custódio, do velho Dias, das próprias crianças que veio para sempre desassossegar e perder. As irmãs e as primas destapavam-na, puxavam-na desesperadamente para fora da cama, queriam que apanhasse a frescura do ar. – "Porque não reages? Há?"

Mas Maria Ema ficava deitada, não queria que abrissem as janelas. Quando se deslocava, fazia-o aos supetões, não queria comer, não queria caminhar. Quereria comportar-se de outro modo, mas não podia. Quem levava os filhos ao colégio, usando o carro de pau, era Custódio Dias. Deixava-os na Estação de Caminho-de-Ferro e voltava, indiferente aos que riam, chamando-lhe corno. O corno voltava e sentava-se ao lado de Maria Ema. Revejo essa imagem, esse mistério, essa desinteligência do amor, esse sentimento bruto, essa fronte cingida por coroas desencontradas. E lembro-me da noite em que ela parecia querer sucumbir, como nos velhos romances de princesas, quando não havia palavras como neurastenia ou depressão, mas apenas tristeza, quanto muito, abatimento ou melancolia. Lembro-me da noite em que a encontraram com uma corda na mão, a sair da cavalariça, fascinada, a olhar para o tronco da nespereira. Francisco Dias gritava – "Deixem-na matar-se!" Mas Custódio começou a fazer telefonemas para vários consultórios, até que encontrou, na própria residência, um médico a quem chamavam Dr. Dalila.

57.

O Dr. Dalila veio, naquela noite de Maio.

Chegou cerca da meia-noite.

Lembro essa noite, a noite de luar em que se chamou esse homem, com sua velha pasta preta. A filha de Walter lembra-se de tudo ou quase tudo, porque ficou à porta do quarto. O médico sentou-se numa cadeira, sem dizer palavra, e pôs-se a olhar para a pessoa que tinha à sua frente, uma mulher jovem, deitada, coberta de mantas até à nuca, recusando levantar-se. Começou a fazer perguntas à paciente que não respondia, nem sequer se virava, e quando as dirigiu a Custódio, também ele pôs a mão nos olhos e não respondeu. Então o Dr. Dalila começou a rir, depois parou de rir e disse que tudo o que não tinha remédio remediado estava. Que a cura das pessoas se encontrava principalmente dentro de cada uma delas, só que umas sabiam usá-la, e outras nem a pressentiam. E o médico ria com satisfação. Fazia jus à fama da sua inoperância, à sua falta de sabedoria, à sua incapacidade de diagnosticar, de ser eficaz, e saiu quase se esquecendo da pasta. Lembro-me da forma como saiu, sem drama, sem remorso nem receita. A filha de Walter estava à porta e viu o Dr. Dalila sair. Mas ele disse a Custódio Dias – "Podem chamar-me a qualquer hora da noite. Estou sempre acordado".

E na noite seguinte, Dalila voltou sem ninguém o chamar. E veio na noite seguinte e na noite seguinte. A Lua passava de cheia a minguante, e de minguante a vaga, e voltou ao quarto crescente, e todas as noites, antes da meia-noite, o Dr. Dalila passava. Francisco Dias punha-se a gritar – "Deixem-na morrer!" Mas Custódio contava, minuciosamente, os passos que Maria Ema tinha dado, o interesse que havia manifestado por este ou aquele assunto, a quantidade de alimento que tinha ingerido. Falava em segredo, não queria que ninguém soubesse nem que se comentasse em Valmares. E o médico Dalila ficava a olhar, vagamente, para os objectos do quarto e dizia – "Muito bem, muito bem, continuem". Partia. Parecia que vir ou não vir era o mesmo que nada, e contudo, a salvação de Maria Ema caminhava ao seu encontro, na pessoa do Dr. Dalila. Avançava surpreendentemente dum modo burlesco, incrustado no silêncio que se seguiu à partida de Walter, mas não interessava o modo como vinha. A salvação caminhava.

58.

O Dr. Dalila morava entre figueiras. Era estranho que um médico, ainda longe de ser um velho, vivesse numa casa esconsa, rodeada de figueiras euxárias, e estivesse pronto apenas para atender de noite. A sua casa ficava na direcção da falésia e a portada era uma grade de ferro sem trinco algum. A filha de Maria Ema regressava da praia ao cair da noite, regressava com os livros às costas atados por uma correia. Parou em frente da casa do médico Dalila e ficou a ver aquele pátio alvacento cercado de folhas secas, aquela casa fechada, na obscuridade do anoitecer, sem carro à porta. Mas um carro parou atrás da filha de Maria Ema, e era ele, o médico Dalila.

Ela lembra-se em especial dessa noite. Ainda era cedo, ainda não eram horas de o médico ir visitar a doente de Valmares. Bem que ele e a filha da doente nocturna poderiam conversar. À beira-mar. Foram os dois, no carro azul do Dr. Dalila.

Ela lembra-se do mar dessa noite, um mar liso, separado ao meio por uma fita de luar resplandecente, cor de prata, e o médico Dalila sentado na mesa duma cabana, forrada de moscas adormecidas e enfeitada com polvos secos, a que chamavam de bar. O bar obscuro e o médico Dalila a explicar o seu nome – Tinha um nome completo, um nome até distinto e uma especialidade em cirurgia maxilofacial. Mas preferia ter uma alcunha e viver de pequenos nadas, rápidas consultas ao domicílio, e relacionar-se normalmente com o ser humano na sua totalidade, em vez de observar apenas queixos e caras. Preferia rir, levar a vida a brincar. Era divertido. Da cabana e do meio das moscas paradas, saíam copos de whisky duma garrafa que era sua, que estava ali, com um rótulo, onde se lia não o seu nome verdadeiro mas o nome de Dr. Dalila. E o mesmo aconteceu no dia seguinte e no dia seguinte. Longe estava Maria Ema de poder supor que, nesse encontro que a filha de Walter fazia à beira-mar, em frente duma garrafa que o Dr. Dalila esvaziava como se sorvida por um alambique, estivesse a sua salvação. Ela nem imaginava que houvesse esse encontro. Lembra-se dos trâmites burlescos desse encontro e dessa salvação.

Passadas duas semanas, parecia menos nítida a fita do mar, a Lua estava de novo vaga. Mesmo assim, as figueiras indicavam o caminho da morada do Dr. Dalila, ladeando a carreteira de areia que conduzia à grade, e quando o carro estacionou, e uma porta trancada com um pau se abriu, pela primeira vez, diante da filha de Walter Dias, ela deparou com uma casa desarrumada que não parecia pertencer a um médico. Não fosse uma secretária e um Anuário de Fármacos, e aquela casa poderia ser a habitação dum ferreiro ou dum camionista, em estado de vagabundagem. No meio dessa desordem, existiam uns sofás cobertos por umas colchas, e sobre elas o Dr. Dalila disse que era muito bom dormir. Ele puxou a filha de Walter contra o seu peito e sossegou-a, calmamente, com uma voz lenta, algo doce, trabalhada pela força do whisky. Ele disse que não se afastasse dele, por quem era, que não lhe podia fazer mal, que era tão inofensivo quanto uma senhora. Felizmente para ela, ele tinha-se transformado numa verdadeira senhora. E ria de si mesmo e dela, um riso indefinido, consolador. O corpo dele, de facto, era apenas o duma mulher ossuda a quem tivessem tirado os seios e as redondezas das ancas, de resto, não fazia diferença, não fora o cabelo e o cheiro. A filha de Walter sentia curiosidade por aquela figura estendida no sofá, um majo desnudo, um homem eunuco, sentado, de copo na mão, olhando para ela, cobiçando-a, despindo-a. Ela lembra-se dessa cobiça, do olhar dolorido e ávido dessa cobiça, onde entravam as mãos doces do médico Dalila, a sua boca untada, a sua testa vermelha. Lembra-se dessas horas que decorriam, durante um mês de Julho, antes da visita nocturna que ele fazia a Valmares, ao volante do carro azul. Mas só passadas semanas, Maria Ema assumiu a sua extravagante cura. Precisávamos muito. Finalmente, um passo de comédia vinha ao nosso encontro.

59.

A filha de Walter começou a chegar a casa, de roupa amarrotada e livros desfeitos, juntamente com o Dr. Dalila, e quando Custódio se punha a narrar os progressos da sua mulher, Maria Ema soerguia-se na cama e não tirava os olhos da filha, não retirava os olhos do médico. Os seus olhos passavam de um a outro, com um espanto poderoso, uma aflição interna tão visível que chegava a ser disforme. E a cura do seu mal de amor, herdado na forma e no desfecho, dum padrão que já não se usava nem se descrevia, nem sequer se representava a não ser em algum filme mexicano antigo, aconteceu, na noite, ou melhor, na meia-noite rocambolesca em que ela mesma foi esperar pelo médico à porta da casa de Valmares.

Custódio estava ao portão. "Senhor Doutor, muito boa noite..." – disse ele. Para ser franco, daquela vez não sabia quantos passos a sua mulher tinha feito por casa, nem quantas colheradas de arroz ela tinha ingerido, nem por que assuntos se interessara. Mas era desnecessário ouvir o relato de Custódio Dias, porque Maria Ema encontrava-se à porta, calçada e vestida, havia recobrado uma circunspecção extraordinária, e apesar de ferverem as cantarias da casa de Valmares, naquele fim de Julho escaldante, ela estava encostada a uma delas, à espera, com as mãos apertadas e a boca unida. Uma força inesperada havia crescido nos pulsos neurasténicos de Maria Ema. A enferma dirigiu-se a passo seguro na direcção do carro do médico Dalila, retirou de dentro a filha e socou-a barbaramente, atirando-a para o chão.

Socou-a, pela primeira vez na vida.

Em altos gritos, disse que ela era a cara tinta e escarrada de Walter Dias, viciosa e depravada como ele, falsa e mentirosa como ele, traidora e inclinada ao mal como ele. Agora compreendia por que razão ela tanto gostava de montar a Charrete do Diabo, quando era criança. Custódio Dias apertou-lhe os pulsos em fúria, os filhos aproximaram-se estupefactos perante uma algazarra que nunca tinham suposto acontecer na casa onde habitava o silêncio da sua mãe. Francisco Dias dizia – "Deixa-as matarem-se uma à outra! Deixa-as!" Mas nada disso importava – Maria Ema estava salva. Salvava-se, por essa forma estranha, do seu amor por Walter Dias.

Salvou-se porque daí em diante assumiu a tarefa de guarda, um destino de gárgula, de espia, de protecção, de responsabilidade, de guardiã dos costumes, de guardiã da sensualidade, dos lábios, dos seios, das pernas da filha, do corpo inteiro da filha. Era a vigilante dos seus passos, dos seus rumos, dos seus movimentos rápidos, dos seus aspergimentos de perfume, dos seus cabelos dominados, lisos, até à cintura, era a guardiã da sua salvação para um casamento futuro, a guardiã de si mesma diferida sobre um outro corpo. E assim Dalila não entraria mais no pátio de Valmares, mas também não iria ser necessário. Agora a medicamentação de Maria Ema consistia na ausência da filha que saía, durante o mês de Agosto, na direcção da praia, rumo a uma casa desarrumada, entre figueiras euxárias. Chamo esse tempo de silêncio passado entre as figueiras, para que Walter, esta noite, saiba.

60.

Pois a filha de Walter Dias deitava-se no sofá, o médico Dalila dormia a sono solto, ela lia encostada a ele, enxugava-lhe os cantos da boca e às vezes dormitava também, mas por volta das oito acordavam. Ele tomava banho, ela também tomava e ficavam os dois abraçados – "Vês? Transformei-me numa autêntica senhora. Não te posso fazer qualquer tipo de mal". Passou rápido o mês de Agosto. Dalila ausentou-se por umas semanas e quando voltou estava menos magro e mais ágil, bebia na mesma o whisky, com a mesma voracidade e o mesmo desvelo, mas durante a ausência parecia ter prescindido dele, ou tomado um outro de qualidade diferente. Numa tarde, depois do sono, seria final de Setembro, o médico Dalila deixou de ser inofensivo como uma senhora. Entre o lixo e os papéis amarrotados, a pasta com as ferramentas da medicina à vista, transformou-se num homem e possuiu a filha de Walter. Sobre isso, não há mais nada a dizer.

Apenas que Maria Ema a esperava à porta de Valmares, esperava-a para a guardar. E a filha fazia-lhe a vontade – dava-lhe razões para que a guardasse. O cinismo da vida era agora uma coisa tão palpável como um saco de fruta que se pesasse na balança de Francisco Dias, ou como uma estrada que rasgasse a areia a golpes de bulldozer. Na noite da ofensiva de Dalila, a filha entrou de madrugada, exuberante, com os sapatos na mão e a roupa cheia de manchas pardas – "Onde foste? Por onde andaste?" Passados dias, Maria Ema chamou a filha de Walter e explicou, aos gritos, quem era o Dr. Dalila – um bêbado, um relaxado. Maria Ema agora pedia protecção para a filha, mas ela ficava-lhe tão fora do alcance, tão rápida, tão sonegada, que só pedindo a alguém que estivesse por cima das janelas e das telhas e fosse mais veloz do que o carro do doutor Dalila. Foi desse modo que Maria Ema, em voz alta, começou a pedir protecção a Deus. Outono plácido de sessenta e três.

Lembro-me dos seus pedidos, de como invocava Deus às janelas de Valmares – Meu Deus, meu Senhor, faz que o Dr. Dalila não toque na minha filha, que a minha filha tenha nojo do Dr. Dalila, que não a leve de carro, não tenha intimidade com ela, não lhe toque nos braços, não lhe toque na pele, não lhe ponha a mão no cabelo. Meu Deus, protege-a dele, da sombra dele, do bafo dele – Pedia, mas quando batiam as cinco horas da tarde, ficava a saber que Deus não a socorria. A filha saía de casa pelas traseiras e caminhava na direcção do mar, tomava a estrada das piteiras, e no entanto não chegava a alcançar a praia. Virava à direita e seguia pelo caminho das figueiras euxárias, abria o portão de ferro sem fecho e entrava. Deus não se comovia com Maria Ema. Isto é, não se iniciava só a década do silêncio e do burlesco incrustado nele, iniciava-se também a sua síntese, a década da ironia.

Não a deixes cair na tentação, na curiosidade, na dissolução, na indiferença do corpo, na passividade gostosa do corpo, na oferta à poeira, no mergulho da treva, na mão aberta da lascívia. Aprendeu a dizer Maria Ema, por um livrinho, no Inverno de sessenta e quatro.

Ou mais concretamente – "Livra-a dele, do bêbado que está dentro dele, dos filhos bêbados que podem estar no corpo dele e passarem para dentro do corpo da minha filha" – dizia ela, no alto da janela, movida por um realismo bárbaro, uma admoestação grosseira e que, no entanto, a ela mesma a salvava. Ali estava para que servia o Dr. Dalila.

61.

Invoco a década da ironia, a década do silêncio atravessado pelo riso enviesado do cinismo e Maria Ema, à janela da casa de Valmares, vigiando, para que a filha não saia, e a filha saindo ou não saindo, a seu bel-prazer. Saindo, anos depois, na direcção das figueiras, já não para a casa das figueiras, mas para outras casas e outros lugares. Pensões, areias, barcos. Porque Dalila, passados alguns anos, também desapareceu. Nada de doloroso, nada de grave, desapareceu.

Lembro-me do seu desaparecimento, numa terça-feira de Carnaval. Como se o Dr. Dalila fosse um mascarado, nada fosse sério na sua vida, e a carne fosse o seu elemento emblemático. Havia já muito tempo que Dalila não via o que via. Em qualquer objecto que segurasse, segurava numa garrafa. Sofria, assim que acordava. Levantava-se, identificava os objectos com o líquido que lhe interessava e sentava-se diante do copo, cada vez mais vermelho. Pegava na garrafa, despejava um copo, levantava-o no ar, e dizia – "Ao último copo!" Como se aquele fosse de facto o último. Mas não, ele brindava a um último que não havia no seu dia nem na sua vida. O problema dele residia nesse conceito de último. A filha de Walter ficava a olhar, fascinada, para aquele copo que deveria ser o último. Mas porque não era o último? Ela erguia-o no ar e dizia – Este é o último, Dalila! O médico pegava no copo e respondia – "Sim, o último, antes do último". Porque o último já ele tinha na mão. Entre um último e o outro último, existia a capitulação dum homem. A filha de Walter olhava para os dois copos e desejaria que o último recuasse uma unidade até ao anterior, pois de facto só havia a diferença de um, a diferença que a energia da vontade se exercesse antes, e não depois do último da série. Era como se a série tivesse sofrido uma avaria, e o derradeiro se reproduzisse infinitamente. A janela do antro a que se deveria chamar sala de estar dava para as ondas, e a filha via nelas séries infinitas de gestos como os de Dalila. Cada vaga que arrostava à praia era a última duma série infinita de últimas, que se sucediam desde o alvorecer das eras. Entre a última e a última estava o tempo onde emergíamos nós, entre duas vagas, duas últimas. Dois últimos copos. Uma avaria. Voltava para dentro e estendia o novo último copo ao médico, e ainda o último e o último. O último seria depois da morte de Dalila. – Ela agradecia a Dalila, e a Walter que o pusera no seu caminho, como uma herança magnífica, o facto de ter compreendido o poder do penúltimo. Não tinha de agradecer mas fazia-o, quebrando-o silêncio, incrustando no silêncio uma seta de vidro.

Dalila perguntava – "Não te importas que eu seja como uma senhora?" E a filha de Walter dizia que não. E ele achava que ela mentia e choramingava com o último copo meio cheio – sempre meio cheio – pela mentira que ele achava que ela dizia. Lá, entre as figueiras euxárias, no chão plano da falésia, diante do mar, da terra selvagem, da praia ambígua, da pesca em estado terminal. "Só mais este, depois retomo o jejum..." – Voltarei atrás, recompor-me-ei, farei ginástica e corrida, e não serei mais uma senhora. Casarei contigo, serei teu marido. Dizia o médico, e para brindar ao projecto, corria à cozinha onde guardava as grades de whisky e preparava-se para ensopar o corpo de álcool, todos os dias. Dalila foi levado nessa manhã de Carnaval em que havia molhos de adolescentes sobre motociclos, arrastando serpentinas pelas estradas, com gestos alvares de mascarada. Veio a ambulância e levou-o sem ruído. A nossa proximidade durou uma década, mas foi tudo muito rápido. Dalila disse – "Fecha a porta". O seu carro azul ficou à porta, longo tempo, longo tempo. Muito longo tempo. Até que, passados alguns anos, venderam a casa das figueiras, levaram o carro de Dalila. Talvez Fevereiro de setenta e cinco. Para que Walter esta noite saiba.

62.

Disse que tinha sido a década do silêncio e da ironia? Sim, disse. Em setenta e quatro, com cinquenta anos de atraso, Blé e Alexandrina finalmente acharam-se maltratados, injustiçados e oprimidos e exigiram a casa das traseiras onde já moravam, tendo ficado exactamente onde estavam, mas abriram portas para o Norte para não se encontrarem mais com os antigos proprietários. Não precisavam de se sentir agradecidos a ninguém e a nada. Com receio de se sentirem, eram rudes e desagradáveis.

Francisco Dias tinha-se posto ele mesmo a lavrar algumas terras. Custódio tratava dos filhos de Maria Ema. A filha de Maria Ema e de Walter, isto é, a antiga sobrinha de Walter, substituiu o Dr. Dalila. Aliás, ele não tinha existido por aí além, e por isso não se podia falar de substituição. Era uma série de actos identificados não por números mas por rostos, que se sucediam com a cadência das séries cuja última unidade se avaria, mais como as ondas do que como os whiskies, pois a filha de Walter nunca abraçou o pescoço de nenhum amante para dizer – É o último. Como as ondas, as nuvens e as ondas, umas e outras, realidades passageiras, movediças, que se desconhecem como unidades numa série, não se contam, não dizem de si mesmas que são as últimas. Foi assim que Maria Ema, por volta de setenta e seis, teve saudade da paz que havia reinado durante o tempo do Dr. Dalila. Ela ficava na janela a ver a filha sair, fora de horas, e dizia – Meu Deus, faz que ela encontre alguém tão bom como o Dr. Dalila.

Pois o Dalila morava perto, e agora ela vai para longe. O Dalila era conhecido e estes não sei quem são. Mal investigo a vida de um, já outro vem a caminho. Enquanto o Dalila existiu, só existiu o Dalila, e agora ninguém sabe quantas pessoas habitam na vida e no corpo da minha filha. Não sei por que cidades anda, não sei que vícios tem. Senhor, faz que ela não seja como ele, o traidor. Senhor, que deixaste dentro dela uma boa parte do traidor.

Maria Ema não era mais a pessoa que tinha existido, e era um bem que assim fosse, pois naturalmente que ninguém poderia permanecer parado nem no mal nem no bem. Quanto à filha de Walter, ela apenas tinha sido herdeira duma narrativa de amor de que conhecia os prolegómenos, o auge e o fim, e o nó havia-se desatado, diante dos seus pés, sem que ninguém tivesse morrido. A sabedoria daí adquirida era um ter, um haver, um depósito, uma sólida segurança que ela detinha. Uma herança. Eu possuía entre mãos essa inestimável herança.

Na verdade, quando adormecia ao lado do Dr. Dalila, nunca sonhava que acordava morta, sempre sonhava que me encontrava dividida. Nos sonhos eu nunca morria, ninguém da família morria, apenas nos separávamos, nos sonhos. Primeiro separávamo-nos uns dos outros, depois de nós mesmos, dos nossos membros, nossos ventres, nossas cabeças, nossas mãos, nossos dedos. Transformávamo-nos em objectos, em folhas, em terra, em água, em penas de pássaros, em canto de pássaros, decompostos em trinados, deslocando-nos de mistura com massas formidáveis de água, a ponto de não sermos mais partes de alguma coisa identificável, mas apenas sons. Sons idênticos aos das gotas de água, nada de nada, na imensidão que era a infinidade da água, onde não éramos nada. E a comédia que atingia esses sonhos, dormindo no sofá, ao lado do Dr. Dalila, consistia em eu estar tão longe da comunhão inicial, e ainda me lembrar da origem. Ser matéria dividida e lembrar-me de quando era pessoa.

Por vezes Dalila acordava e como um rei pesaroso, vagueava em robe pela casa das figueiras, o cinto do robe rastejando pelo chão, e dizia que eu sonhava isso porque ele se tinha transformado naquilo que eu sabia. Assim, eu sonhava isso. Então telefonava a amigos e amigas, que surgiam sem se saber de onde, parqueavam os carros entre a folharasca e invadiam a casa. Ele fazia para que alguém sobrasse, e abraçasse a filha de Walter atrás dum frigorífico que se encontrava no desvão do seu próprio quarto de dormir.

63.

Mas é falso que alguma vez eu mesma tenha dito ou escrito que a filha era um resultado. Não, não o disse nem o escrevi em nenhuma carta. Falar de resultado, neste caso, seria o embelezamento duma ideia de vítima, e a filha de Walter era ela mesma, e a herança consistia na mistura do que herdava com a transformação da herança, feita por sua vontade. A filha de Walter ela própria gostaria de ter sido uma imitação do anjo rebelado, o que empurra as estrelas luzidias da tarde e as carrinhas escuras da noite, iluminando, com a fúria da sua treva, a luz que os outros têm. Não era, não podia ser essa imitação, mas também não pertencia a ninguém, era fruto da sua própria pessoa, ela mesma se havia a si parido e criado – Pensava nas tardes alegres, sentada ao lado do Dr. Dalila. Escrevia-o em cadernos enfeitados com o rosto do Bob Dylan.

Assim, dormíamos sobre o sofá cobertos pela colcha, e um dia, ao sacudi-la da cinza e das esferográficas, a filha de Walter lembrou-se de contar o que corria sobre a manta de soldado. Que a filha fora feita sobre a manta, a mesma que servia de assento na charrete, a mesma sobre a qual o seu dono se estendia ao comprido no campo, para desenhar os pássaros.

– "Uma manta?" – perguntou ele. E o Dalila começou a rir como só ele sabia rir. Riu com copo, sem copo, com whisky e sem ele, riu até eu não saber mais se ele ria apenas dessa imagem, se ria para profanar a imagem que levianamente lhe tinha dado, se para se profanar a si mesmo, à filha de Walter ela mesma, o céu e a terra e tudo mais. Depois, como ele não parava de rir, rimo-nos os dois abraçados. Dávamo-nos bem.

Lembro-o para que Walter, esta noite, saiba.

Pois noutra ocasião, encontrávamo-nos abraçados dentro do carro azul, as rodas apontadas na direcção do mar, as nuvens altas passando lentas, quase nem passando, e ele disse-lhe – "Não se ouve nada a não ser o mar. Não é bom estar assim?" Sim, era muito bom, mas a natureza humana repudia a bondade exagerada da Natureza, não confia na estabilidade dela nem acredita que seja seu simulacro, e ela achou que, perante aquela regularidade do azul espampanante do céu e do mar, aquela paz furiosa nascida duma beleza gritante, era preciso fazer qualquer coisa. Qualquer coisa que rebentasse aquilo que se erguia na sua frente, harmónico e singular, e lembrou-se da noite em que sentira alguma coisa de semelhante, lembrou-se da noite da chuva. Uma mistura de risco minando a beleza, rasgando a beleza suprema, deflagrando-a, e estupidamente, cretinamente, lembrou-se também do revólver Smith. O Dr. Dalila ergueu-se do assento fundo do carro azul para lhe perguntar, alarmado – "Dormes desde criança em cima dum revólver carregado? Mas que ideia é essa?" E ficou a olhar para a paisagem que era toda ela da cor do seu próprio carro, mas mais líquida, mais profunda e mais vasta. De resto era igual, era azul-ferrete, azul em fúria. Então, ou fosse pela violência da luz ou pela debilidade do seu nervo óptico, o Dr. Dalila começou a verter lágrimas no meio da paisagem. Eram lágrimas pequeninas, quase não criavam sulcos, mas viam-se. Saíam dos cantos dos olhos, desciam pelas faces avermelhadas e morriam na barba muito bem rapada do Dr. Dalila. Dalila era um homem que tinha sempre a barba impecável, ao contrário da roupa e do carro. A filha de Walter despegou o corpo do assento, que também era fundo, e aproximou-se dele. Ele disse-lhe – "Se me amas, vais lá à sua casa buscar essa arma para te desfazeres dela. Entendes? Ou ela ou eu..." E o olhar do Dr. Dalila vagueava por cima daquele azul, azul, em cima, em baixo, ao lado. Éramos uma ilha de carne no meio dum azul-lazúli, quase sem nuvem. – "Isto é assim. Se uma mulher precisa de dormir sobre o revólver do pai, é porque não ama o marido. Isto é assim. Ou confias em mim, ou não confias..." E mantinha os sulcos húmidos. – "Porque bem sabes que vou fazer um jejum definitivo e, depois, depois casamos os dois..." Aquele era mesmo um assunto muito sério para o Dr. Dalila.

Então ela deixou que, ao menos aquela nuvem que se encontrava a Sul, em forma de escamas de peixe espalhadas, ao menos essa se deslocasse na direcção do carro, para poderem ir a Valmares com um pouco menos de luz. E assim foi. O carro ficou desviado da casa, ela entrou pela porta da cozinha e arrebatou o revólver e as balas. Correndo, entrou no carro do Dr. Dalila que arrancou a grande velocidade. De esguelha, ele olhava para esse objecto posto no colo dela como seu inimigo, tratando-o mesmo como se fosse um homem – "Filho da puta, já vais ver onde vais parar!" E o carro estacionou perto duma descida íngreme mas por onde se podia passar facilmente até à praia. – "Fica aqui..." – disse ele. – "Não te mexas que eu vou dar conta deste filho dum raio". E o Dr. Dalila, que até se encontrava sóbrio, a partir daquele instante parecia ir ficando gradualmente embriagado. Descalçou os sapatos, aproximou-se das ondas, entrou por elas dentro e, com uma fúria extraordinária, atirou o revólver Smith para a água, gritando – *Requiescat in pace!...* E quando voltou para junto dela, sem ter bebido absolutamente nada, nem sequer um golo de água salgada, estava bêbado como um cacho. Dizia assim – "Vês como te livraste dele? Porque não me tinhas dito há mais tempo?" E pediu-lhe que conduzisse ela própria o carro azul. Azul do fim da tarde, do princípio da noite. – Conto-o apenas para que Walter saiba.

64.

Quando a filha de Walter, mais tarde, já perto dos vinte cinco anos, concluiu que não havia outra forma de redigir tiradas como esta – *"Parte, vai, sonho pernicioso, até às finas naus dos Aqueus"*, e se entregou a tarefas produtivas, juntou dinheiro e comprou um Dyane. De noite, os faróis do carrinho balouçante lançavam um rápido relâmpago sobre a parede do pátio, a luz rastejava rente aos pés das árvores pretas e desaparecia no escuro. Também o vulto de Maria Ema junto ao portão rapidamente se desvanecia na sombra, e passados uns metros já não era nada. A filha não ficava lá para ver, mas sabia que por vezes Maria Ema vagueava entre as portas abertas e a calçada do pátio, e Custódio Dias nem chegava a deitar-se. Deslocava-se de cá para lá, ao longo da berma, até os faróis do Dyane anunciarem o regresso a casa. Aí ele parava, e apesar de se mover com dificuldade, conseguia desviar-se do caminho com um salto de lebre e esconder-se atrás das piteiras para que não acontecesse o encontro. Mas se acaso se cruzavam, a filha não abrandava a marcha nem fazia um sinal de luzes se o reconhecia à beira da estrada. Ele que voltasse por onde tinha ido, trambolhando pelas ervas, seguindo os sulcos que o carro deixava no solo, com o seu andar assimétrico de coxo. Ela não lhe agradecia essa vigília ambulatória, nunca lhes pedira semelhante missão de guarda.

Na verdade, Maria Ema era como se tivesse lido os textos antigos solenes que a filha lia. Neles, as forças divinas brincavam com os homens, e o Fado apreciava, como era seu dever. Ela gritava atrás da filha, com os dois braços no ar – "Diz-me, tirana, quem te chama do outro lado da noite? É de novo um bêbado?" Maria Ema sofria. Sim, a filha não se punha a dizer palavras dessas a Maria Ema, mas era verdade. Por volta de setenta e seis, ela sabe muito bem quem a chama – Chama-a o bêbado, o velho, o que tem a cara vermelha, uma ferida na testa, um olho fechado, o que não tem dentes dum lado, o que partiu a cana do nariz, o que esconde a faca na peúga, o que matou a mulher, o que cheira a rato, o que fede a whisky, o que sua a podre, o que não tem argumentos, o que fala aos berros, o que não se levanta de preguiça, o que não cumpre a palavra, o que torce o pulso, o que não se levanta da cama, o que não tem emprego, o que não quer emprego, o que anda à deriva, o que vem nos barcos, o que vai nos camiões, o que viaja no meio da carne, o que espera pela polícia, o que esmaga pétalas de lírio, o que cospe erva mascada e usa um palito no dente. O que tem o corpo peludo, o olhar imundo, o que despiu a alma, o que provoca o acidente, o que não estudou Matemática, o que pensa que Homero é nome de cachorro, o que não é apresentável, não é visível nem à luz do dia nem sequer do luar. O que só tem corpo no escuro da noite. É esse, o imundo, o que lhe aperta os dedos, lhe suga o mamilo, lhe espreme a ponta do pé. Mas ela não o diz assim. Escreve-o.

Vinte e seis anos.

Discutiam em frente de Francisco Dias. A filha entrava no Dyane e gritava por sua vez que era intocável. "Intocável?" – gritava Maria Ema. – "Que palavra é essa, não me dirás?" A filha dizia – "Sim, intocável!" Durante a discussão, o que ela quer dizer é que a sua alma, o nicho onde ela se enrola e esconde, onde ela pernoita, onde ela sabe o que sabe e desconhece o que é para desconhecer, esse sempre fora intocável. E por isso, convinha que aquele que lhe espremia o mamilo, lhe tocava na nuca e a levava pelos cabelos até aos colchões manhosos das casas de veraneio, fosse tão banal, tão fútil, tão grosseiro, que nem sequer se aproximasse da entrada do esconderijo onde se encontrava a alma, envolvida nas suas vestes de seda. Essa a sua herança de preservação, a sua coutada real onde só ela caçava, só ela largava os seus cães e apanhava os seus cervos armados. E tudo isso seria assim, incompreensível para Maria Ema, para Custódio Dias, seu tio e seu pai, sobretudo para Francisco Dias, perplexo perdedor de terrenos aráveis. Francisco Dias gritava para Custódio Dias que espreitava o Dyane ao fundo do caminho, enquanto Maria Ema esperava no pátio – "Deixem-na abalar! Que vá e não volte mais. Que fique lá para sempre e deixe a gente em paz..." Era o Verão de setenta e oito. E entretanto Maria Ema começou a desistir do seu estilo grandioso de chamar por Deus. – "Para quê, se Ele não me ouve, Ele nem a vê?" – perguntava ela.

65.

Sim, era a década do silêncio. Mas sempre que ela queria, Walter retirava os sapatos, segurava-os numa das mãos e aparecia à porta como na noite da chuva. Não batia, não precisava, a porta estava sempre pronta para ser transposta e ela sabia-o. O candeeiro iluminava as ombreiras da gabardina sem precisar de ser erguido à altura dos olhos. Walter andava pelo quarto, ia até ao armário e até à mesa dos livros, sem dizer palavra, só ia, só deambulava. Pousava a mão sobre os pertences dela, estava de acordo com ela, discutindo sem discutir. Às vezes rindo. – Entendíamo-nos, vivíamos mais do que contentes, vivíamos felizes. Eu já não tinha a arma no interior do quarto, mas não era importante que estivesse aqui ou além. Estivesse onde estivesse, à superfície da areia ou enterrando-se a cada segundo que passava, sob a batida da água, para onde a atirara o Dr. Dalila, o revólver Smith cumprira a sua função. Nem o álbum dos pássaros nem o resto dos filmes que ainda havia, eram agora seres fundamentais.

O importante, naquele tempo de silêncio, é que sempre que o chamava ele vinha, subia pela escada e aparecia à porta como na noite de sessenta e três.

Também Francisco Dias não adormecia, mas por uma razão bem diferente. O motivo da sua vigília era distinto e provinha dum outro tipo de silêncio.

Era o silêncio dos Dias. O lavrador de Valmares levantava-se de noite, com a certeza de que a omissão dos filhos sobre a data do seu próprio regresso era o sinal mais palpável de que estavam para voltar. Quando a hora do sol-posto se aproximava, pedia a Custódio que deixasse o portão de ferro apenas encostado, poderiam eles regressar e terem dificuldade em abrir. Só não sabia se voltariam de comboio se de táxi, como anos atrás acontecera com Walter. Achava, porém, que a primeira hipótese seria mais viável, pois os outros seus filhos não eram gastadores nem perdulários. A menos que regressassem já nos seus próprios carros, e se assim fosse, viriam duas famílias em cada automóvel para ficar mais em conta. Seis famílias para três carros. Fosse como fosse, tinham de voltar. Os argumentos para que viessem com urgência cercavam o monte e a própria casa. Aliás, se todos voltavam, porque não voltavam os Dias?

Na verdade, em volta de casa, a cada hora que passava acumulavam-se os argumentos. Ele abria a mão direita e enumerava-os pelos dedos – Os filhos Dias estavam para chegar porque em Valmares as explosões das pedreiras criavam estremecimentos contínuos na terra, abrindo fendas nas paredes por onde cabiam braços, e a poeira vinha cair sobre as telhas e infiltrava-se nas camas como farinha. As aves do sapal que se levantavam das terraplanagens, perto das dunas, apareciam caminhando no restolho sequeiro, vesgas, tresmontadas, pondo ovos fora do tempo e do lugar. Umas ervas desapareciam, outras que nunca tinha visto alastravam. Os figos amadureciam abertos em nove partes, as azeitonas verdes ficavam bicudas e pretas pela falta de chuva. Seca, a terra seca. Ele via o vento levantar a terra no ar, transportá-la consigo para outras paragens e a espessura do solo arável emagrecer e descarnar-se. De pé, no meio do monte, ele via o que ninguém via – a terra a elevar-se no ar em forma de fumaça empurrada pelo vento. Ele pensava que assim o mundo se decompunha, mirrava e apodrecia a partir do seu mundo. Ele queria que os filhos viessem para pôr em ordem alguma coisa muito mais vasta do que a sua própria casa. E quando viessem, mesmo que não voltassem tão ricos como antes ambicionara, seria para retomarem a lavoura que lhes pertencia, agarrarem a terra com árvores e outro plantio. Então a filha de Walter, metida neste quarto, por vezes acompanhada por pessoas que falavam outras línguas, que ela encontrava noutras estradas, ouvia Francisco Dias sair para a rua, alta madrugada, para escovar a última mula. Ficava a ouvir – Ele não queria separar-se da última besta, não queria quebrar o último elo animal que o ligava ao movimento tractor que lhe fizera a casa. De manhã lavava-se, vestia-se, arreava a mula e ia pôr-se de braços cruzados no meio do pátio. Ao contrário da neta, continuava à espera.

66.

Aliás, em meados dos anos setenta, Francisco Dias não admite que tenha havido alterações tão opostas à sua concepção de vida, atingindo-o na razão do seu passado e no fundo da sua própria esperança, e que eles não queiram socorrê-lo. A melancolia imobiliza-o no meio do pátio, à espera, diante do portão escancarado. Ele não compreende que os filhos daqueles a quem antes dava trabalho, aqueles que vinham falar com ele de olhos no chão, os que diziam dez vezes obrigado, obrigado, quando acaso lhes adiantava dez escudos, ou lhes pagava a jorna por inteiro, se porventura eram assaltados por uma dor no trabalho e precisavam de se enrolar nos pastos, esses estejam agora sentados às portas, sem fazer nada, e seus filhos comprem terrenos, negócios e casas como se fossem abastados. Em vez de ser ele a alargar o seu território como havia pensado, são os filhos dos servidores que estão a fazer fronteira consigo, estão a ameaçar a integridade da sua ambição suspensa, pedindo-lhe que venda ou, pelo contrário, dizendo-lhe que nada do que é seu lhes interessa. O dono de Valmares, em meados dos anos setenta, é um agricultor perturbado, com a lavoura adiada por causa da demora dos filhos. Não pode viver mais à espera. Eles hão-de pagar. Têm de pagar.

Ameaçando-os, Francisco Dias grita pela rua, quer abalar ele mesmo, tomar um avião pela primeira vez na vida e ir ao seu encontro. Quer admoestá-los, quer ir chamar-lhes traidores, iguais ou piores que Walter. Anda de noite pela casa, arruma objectos e roupas dentro duma mala, conta dinheiro sobre a cama, faz contas de cabeça, pretende ir a Faro comprar um novo chapéu de feltro duma marca que já não há. Pretende tomar o comboio-correio como no tempo em que se vendia gado, quer levar o dinheiro no fundo do chapéu, surpreendentemente, como fazia o seu pai. Enfim, quer abalar para a grande viagem de confrontação com os filhos. Arranca o mapamúndi da parede e dobra-o à dimensão da carteira, para desdobrá-lo quando chegar lá, e ir a caminho deles, esbofeteá-los como quando eram rapazes. Meteu um lenço no bolso e um canivete na meia. Já lá vai estrada fora, arrastando malas e sacos. Durante os meses de Verão de setenta e cinco, Custódio ocupará as inolvidáveis noites quentes a trazê-lo de volta a casa. Finalmente, existe um problema grave em Valmares.

67.

Então ali estava o problema. Ainda ouço os telefonemas internacionais que Custódio fazia a chamar os irmãos. Esses que a filha de Walter acha estranho que estejam dentro de casas para responder às chamadas, pois sempre os vê a caminharem para oeste, através de paisagens inóspitas, levando atrás as mulheres e produzindo filhos, poucos filhos, todos parecidos uns com os outros, dentro das linhas dos retratos, longe, muito longe onde terão ficado. Mas agora, pressionado pelo estado ansioso de Francisco Dias, permanentemente sentado à porta, ao lado das malas, Custódio desenterra-os um a um, dessas lonjuras cósmicas e fala-lhes, a partir da casa de entrada, dizendo-lhes que de facto é urgente que voltem. Custódio justifica-se – está a perder a paciência, tem urgência em que se entendam uns com os outros e, por isso, pede-lhes que telefonem rápido. Finalmente o pai já compreendeu que eles têm as suas próprias vidas muito longe, demasiado longe, e agora sente-se ofendido por não quererem voltar, pelo menos, para dividir a casa.

Sim, do lado de lá compreendem muito bem. Mas os Dias não telefonam, apenas mandam cartas. Breves cartas. Parecem vir de pessoas extraordinariamente idênticas às imagens caladas daqueles que ela entrevê amalgamados em forma de brigada de trabalho, laborando em silêncio, entre os animais do pátio, em meados dos anos cinquenta. Dos rostos de cada um deles não se lembra, apenas dos nomes, das suas idades e atributos, das suas partidas e primeiras cartas. Maria Ema dizia para Custódio Dias – "Ela é que podia convencê-los a virem deslindar isto, escrevendo-lhes umas folhas bem escritas. Pede-lhe lá, por favor". Referindo-se à filha de Walter.

Mas era um equívoco. Lembra-se.

A filha de Walter não pode escrever para pessoas que congelou no seu pensamento. Não sabe nada sobre os seus percursos posteriores, tem mesmo dificuldade em atribuir-lhes destinos diferenciados, a não ser os oriundos das primeiras cartas, e esses estão imobilizados e ela gosta de os manter assim. Faz todo o sentido que se encontrem lá, desaparecendo como nos primeiros tempos, fugitivos e distantes. Um deles continua a caminhar ao longo dum manto branco, arrastando toros de madeira, continua a laborar sobre essa superfície de neve, correndo atrás dum camião para onde tem de lançar os cepos, à velocidade da marcha do transporte que não pára. Vê-o como sempre, rente à mancha do rodado que o camião vai deixando na neve, vê-o perder-se no meio das árvores altas, desaparecer no escuro das sombras, a imagem pertence a Joaquim Dias, trabalhando como lumberjack, nas terras planas da Nova Escócia. O filme dele lá ficou, lá está, ela não o pode mover nem para trás nem para diante. Também vê o das minas, o que na fotografia tinha um farol na testa, um chapéu de lata, o suor escorrendo, no fundo da terra, em frente da parede de minério, vê-o escuro, distingue--o mal. Vê-o arrancando fragmentos para dentro dum balde. É Manuel Dias, um dos primeiros que abalou. Continua a ouvir a sua voz um pouco rouca, proveniente do pátio de Valmares, repercutindo-se em eco, lá dentro, no fundo da terra, debaixo dos lagos, em Elliot Lake. Como podem voltar?

68.

Ela não os quer de volta, nem iguais nem mudados. Quere-os como os construiu e os manteve durante todo o tempo em que conviveu com o Dr. Dalila. Alegra-a a imagem do que demolia casas. Era Luís Dias. Tinha deixado a ceifa de Francisco Dias para ir bater em paredes de madeira até as fazer cair por terra. Nos anos setenta, ainda ela ouvia o som oco e seco do maço de Luís Dias, de encontro às janelas, às portas, aos telhados, derru-bando-os, deixando atrás de si casas espalhadas transformadas em montes de tábuas e vidros postos em pilhas, à sombra dos áceres. – "Esta árvore, irmãos, é o maple tree" – dizia no verso da fotografia, nos anos cinquenta. Porém, o mais interessante era um outro, o dos Estados Unidos, parado, emergindo duma planura sem fim, sendo os únicos acidentes da paisagem, lisa em todas as direcções, os lombos das vacas. Esse era João Dias, com uma vara, no meio duma planície, como se guardasse de dia uma noite estrelada, virada ao contrário. Francisco Dias não tinha querido enxergar. Como podia o filho dum homem de bens ser guardador de vacas, uma besta tão lenta, numa terra onde não se via uma casa? – Era bela a fotografia. João Dias deveria permanecer sozinho, no meio da planura, arrendada de sociedade com um homem das Ilhas, encaminhando para o redil as pachorrentas vacas.

Mas a imagem de beleza intolerável, aquela que sempre lhe havia despertado uma exaltação feroz ao longo dos anos, tinha como intérprete o Fernandes, o marido de Adelina, o que lhe ensinara a letra W de Walter, numa antiga tarde de galinhas. Nos anos setenta, ainda o vê a querer escrever aquela carta, com o sabugo das unhas gasto até ao sangue. Era o dos Caminhos-de-Ferro, o das linhas de comboio da Canadian Pacific. Vejo-o deixar aquela dedada de sangue na carta, e a explicação lida por Adelina – *Desculpa, Adelina, não gostava de te enviar esta carta, mas não tenho aqui mais papel nem tinta, e preciso de mandar, hoje mesmo, notícias minhas, de contrário não sei o que faço...* E depois a fotografia de Fernandes, com um toro às costas, no meio da gravilha. Para sempre o veria estender uma linha de ferro através do Canadá, entre Ontário e Alberta, Colúmbia Britânica, na direcção do Oeste. Nessa imagem, ele estendia a linha, colocava a mão sobre o ferro, e o comboio passava-lhe sobre o braço. Do outro lado, em forma de mão espalmada, surgia o Canadá. A imagem era forte demais para ser suportável. Ela suportara-a durante anos, como uma vingança contra Francisco Dias.

O de Caracas era o que oferecia à filha de Walter a imagem menos precisa. A carta em que se baseava era incompleta, mas a partir dela, decorrido todo esse tempo, ainda o imagina passando fome. Lembra-se de ele ter escrito que apanhava frutos que encontrava no chão para se saciar, não querendo, por respeito ao nome do lavrador que era o seu pai, cobrir-se de farinha nem distribuir pão, de porta em porta, numa bicicleta a pedal. Comia um fruto parecido com a laranja, de um caroço só, sem gomos, liso e verde por fora. Era saboroso, ainda que fosse triste a razão por que o comia. Mas quando escrevera a contar sobre a resistência à panificação, já Inácio era um operário da construção civil sob uma grua. Via-o sem imagem concreta. Nem mal nem bem. Não o via. Ou melhor, fazia parte do colectivo, cada vez mais abstracto, mais longínquo, fixado vinte anos atrás, a partir das primeiras cartas, lidas em voz alta pelas mulheres deles e por Custódio Dias. E como se sabe, depois, apagando tudo e todos, confundindo os Dias e transformando-os numa pasta informe, reduzindo-os a um rosto só, sem qualquer importância, tinha vindo quem importava, tinha vindo a pessoa de Walter. Dos outros não se lembrava. Porque lhe pedia Custódio semelhante esforço de lembrança?

69.

Aliás, não valia a pena desejar que não viessem. Percebia-se pelas cartas que não viriam. Para quê responder-lhes? Numa altura em que as distâncias se anulavam e as viagens se tinham banalizado a ponto de se tomar o avião em roupas de jardinar e trazer por casa, sucedia que os Dias não queriam visitar o pai, mas não o diziam, adiavam indefinidamente a decisão que há muito deveriam ter tomado, e então escreviam cartas com letra certa, repletas de desculpas e sonsidão. Digo-o esta noite, para que Walter Dias saiba, diante da sua manta de soldado.

Pois as cartas que chegavam a Valmares e ficavam nos correios de São Sebastião eram cartas sagazes, cartas que ocultavam o que deviam ocultar e que falavam apenas do que podiam falar. Cartas medidas, palavras pesadas, reservadas sentenças. Ao contrário dos outros emigrantes de Valmares que escreviam páginas lancinantes de recordação, e faziam telefonemas em que deveriam gastar o dinheiro de viagens inteiras, entremeados de visitas ruidosas que pareciam ser fonte de sobrevivência e razão profunda das suas vidas, os irmãos Dias sentiam-se bem à distância e não desejavam voltar. Vejo os cabeçalhos das cartas. Basta lê-los de longe para se perceber que não têm saudade de Valmares. Mais do que isso, devem ter medo que os obriguem a dividir entre si o império de pedras em que se transformou a casa de Francisco Dias.

Devem querer poupar-se a esse drama, a essa desavença, esse ataque de nervos que é despedaçar uma herança de nada. Uma herança para nada. Os Dias ausentes pagam para não ter nada, para não herdarem montes de pedregulhos, carrasqueiras, terras arenosas e calicentas onde ninguém quer construir nem plantar o que quer que seja. Entre o mar e a serra, o pai deles fez um império localizado num paralelo sem préstimo, sem se aperceber que iria ficar como o rei das pedras. Na verdade, cada noite, elas rolam dos valados onde ele, décadas atrás, as mandou juntar. Entre elas, as carrasqueiras florescem como se a vitamina fosse o abandono, o melhor guano fosse o desprezo, como se medrassem por não serem vistas nem olhadas. Só o rei das carrasqueiras vive sem perceber que elas dominam o território. Os Dias, espalhados pelos continentes americanos, não podem cá vir perturbar-se com essa herança tenebrosa, esses campos que voltam a ser o que foram antes – terrenos áridos, oferecidos à desolação, à gineta e à raposa. Esses Dias não virão cá. A filha de Walter depreendia isso a partir das cartas que mal escutava, não tinha tempo nem férias que chegassem. Mas Francisco Dias caminhava pela rua, ia até ao portão, escancarava-o, e antes de o Dyane sair, gritava para Custódio – "Anda, tem coragem! Manda-a embora de casa!"

70.

Sim, a filha de Walter às vezes tinha tempo e escrevia páginas sobre o estado do rei das carrasqueiras, embora Custódio não as mandasse, e à cautela, ficasse à espera das respostas deles. Mas as cartas deles não se alteravam. Eram cartas de delonga, cartas de descompromisso, cartas sonsas, sem consequência prática possível. E no entanto, no final dos anos setenta, de súbito, os Dias abrem um parêntesis para falarem do que nunca deveriam ter falado. Movidos pela sonsidão, determinados e escondidos, a pouco e pouco todos eles começam a escrever sobre o que estava em silêncio, o que estava guardado, o que nunca deveria ter sido referido. Começam a escrever sobre a pessoa de Walter, sobre a intocável imagem de Walter. Acuso os irmãos Dias de tentarem delapidar a herança deixada à filha por Walter Dias, através dessas cartas.

Convoco essas cartas, separadas por meses e anos, na sua síntese de coerência implacável, para que Walter esta noite saiba. Chamo-as, desdobro-as e releio-as. Elas mesmas se organizam entre si. Arrumam-se por datas, escolhem-se, a memória depura-as, alisa-as, queima-lhes as descrições inúteis, as saudações repetidas, para se encadearem como anéis duma lagarta sem fim. O assunto é tão-só o seguinte – a única pessoa da família que os irmãos Dias entendem que se encontra em condições de voltar e retomar Valmares é Walter. Na opinião deles, esse irmão continua a andar de cidade em cidade como antes andava de porto em porto. Não tem negócio fixo nem casa estável como cada um deles tem. Walter é o único que está livre, não possui raízes nem família construída à face da lei de nenhuma das cidades onde tem morado. Por isso, só esse pode voltar com a pressa que Custódio impõe. Aliás, seria uma boa razão para Walter pôr em prática o que fora dizer ao pai, amedrontando-o, em sessenta e três. Eles sabiam que Walter tinha ido desinquietá-lo com a ideia da venda da casa. Pois agora que voltasse ele próprio e tratasse desse assunto grave. Sim, deveria voltar. – Mas onde estava Walter? Era preciso encontrá-lo. E então, saindo das imagens construídas vinte anos atrás, os Dias começam a emergir da distância, com novas figuras, nomes precisos, cônjuges próprios, percursos singulares e endereços tão recentes quanto reais, rasgando e revolvendo o mundo residual de Valmares.

71.

Fernandes, o da imagem de beleza insuportável criada a partir duma linha de comboio, afinal, é dono duma empresa de compra e venda de imóveis com endereço em Vancôver. Joaquim Dias, o lumberjack que corria na neve, transformou-se num construtor de bancos de jardim com oficina em Halifax. As suas cartas vêm timbradas. O mineiro, Manuel Dias, tem um limousine service em Otava. Luís Dias apresenta-se como um builder, e João Dias partilha com o ilhéu não apenas umas vacas pachorrentas, mas a propriedade duma leitaria industrial. E Inácio? Inácio constrói, por sua conta, em Caracas. Constrói casas, prédios, grandes imóveis de dezenas de andares – La Constructora Ideal. Palpáveis, diversos, reais, os Dias transformaram-se numa família universal. E os filhos universais de Francisco Dias contam finalmente alguma coisa de si mesmos. Contam para poderem falar de Walter. Maria Ema lê as cartas. Pode ler. Diz que Walter Dias já não lhe diz respeito. Ela até explica que só ficará feliz quando souber que ele desapareceu da face da terra, ou da face do mar, onde sempre o imagina a distanciar-se, a distanciar-se, levado pela imensidão da água.

Aliás, esse parece um tempo em que não sucede mais nada para além das cartas, tudo pára. O vento pára, as ondas param. Convoco para esta noite essa paragem, para lembrar as cartas inolvidáveis. Para que Walter saiba.

A primeira é escrita por Vitória, a mulher daquele que tem o limousine service, Manuel Dias, o que fora mineiro com uma luz especial na aba do chapéu. Sóbria sobre a sua própria família, a mulher de Manuel apenas diz que por vezes, em Otava, escurece cedo demais, e de resto tudo normal. Os filhos estudam e tocam sax, e Manuel ficou presidente dum clube. Mas ela, naturalmente, escreve por causa do outro assunto.

Escreve para dizer que o marido dela está de acordo em que se procure Walter, que Walter deveria voltar à casa do pai para ordenar a herança, pois além do mais desconfia que o cunhado, onde quer que esteja, não estará bem. Anos atrás, ele tinha uma agência de viagens mesmo junto ao Lago, em Harbour Street. A Travel Agency de Walter vendia viagens, angariava contratos, traduzia documentos, agenciava advogados, Walter era respeitado. Até que engravidara uma rapariga e se pusera em fuga, através da neve. A última vez que um compatriota o vira, ia ele na direcção das Cataratas. Tinham-se encontrado por acaso num restaurante à beira da estrada. Lá ia ele num carro preto, com meia dúzia de malas, uma delas no tejadilho. Desaparecera.

E acrescentava – Felizmente que a rapariga era filha dum polaco. Se fosse filha dum italiano, àquela hora, já lhe teriam tirado a vida. Mas aqueles, não. Tratava-se de pessoas pacientes. Ela era uma rapariga que já tinha tido um caso. Agora tinha dois casos e um filho. Ainda por cima, a criança era um menino. Mas Walter tinha abalado sem se importar com o menino. Abandonara a Travel Agency, deixando assuntos importantes suspensos e, na parede, quadros com uns gansos selvagens desenhados por ele – E depois não tivemos mais notícias, vai para seis anos. Custódio deveria procurá-lo junto dos consulados. Alguém o poderá encontrar e chamá-lo de volta a Valmares. – *From Vitória e Manuel Dias, Limo Service, Ottawa.*

72.

Lembro-me da leitura dessa carta. Maria Ema tinha-a pousado sobre a mesa, a rir, muito direita, repetindo a passagem referente à polaca. Custódio não podia acreditar – "Parece mentira. Passaram seis anos sem nos dizerem nada sobre essa criança, esse menino..." Francisco Dias pedia que não lessem mais, que Walter seria sempre o mesmo. Que saltassem algumas linhas, sempre que vissem a palavra Walter.

Mas passada semana e meia, uma carta de João Dias fornecia outra pista. O sexto filho de Francisco Dias também escrevia uma carta universal. Saía da intemporalidade duma planície aberta como um céu invertido, com as vacas espalhadas até à linha do horizonte a perder de vista, para emergir do interior da fábrica leiteira, seus tanques de fervura, pasteurização, recolha de gordura, batedura de nata, manteiga, uma riqueza fofa, branca e creme, industrial, emergia para falar de Walter, ainda que não dispusesse de muito tempo para dedicar a esse género de escrita.

Então ia direito ao assunto – Entre o vale de San Joaquin, onde estavam estabelecidos, e a East Coast, onde Walter morava, um avião levava meia dúzia de horas sempre a voar. Quatro ou cinco anos atrás, durante um weekend, tinham ido visitar o irmão, que nessa altura estava bem, e não precisava de trabalhar muito, porque tinha um negócio de jewels bastante razoável. Mas embora eles mesmos não precisassem, pois possuíam a Dairy Farm que lhes dava tudo, Walter, que não vivia tão bem quanto eles, tinha insistido em pagar-lhes as despesas todas, até mesmo o hotel, o que era prova de que não se havia adaptado ao valor do dinheiro nos Estados Unidos. Tinha insistido, teimando que era uma prova de afeição que lhes dava, mas João e a mulher entendiam, pelo contrário, que era um sinal de esbanjamento. Além disso, tinham ido com ele até uma baía para conhecer a costa, e Walter à janela dum restaurante de madeira havia aproveitado para desenhar uns pássaros, uns desenhos bonitos que havia deixado lá no próprio lugar. Mas o que interessava dizer é que, uma semana depois, quando lhe tinham telefonado para agradecer, já os telefones não tocavam nem na *Theodhoros & Walter Jewellers*, nem na própria casa.

Em suma, a ideia de João Dias e de Teresa, sua mulher, era de que não valia a pena andar à procura dum rapaz daquela natureza para pôr ordem na casa de Valmares. – *From Jo Dias, San Joaquin.*

De facto, não valia a pena. Aliás, nunca valera a pena, contudo a ideia tinha sido deles, não partira nem de Custódio nem de Francisco Dias. Então para que ocupavam tempo a desdizer o que antes tinham dito? Mas as cartas ainda mal haviam começado.

73.

Passado pouco tempo, Adelina escrevia a partir de Vancôver. A correspondência tinha ficado quinze dias ganhando poeira num cacifo em São Sebastião de Valmares porque ninguém mais queria andar pelas estradas a distribuir o correio numa bicicleta a pedal. Custódio levantou-a e, de noite, leu-a, rente à mesa – Era uma carta ao mesmo tempo informativa e inspirada. O marido de Adelina, o homem da dedada de sangue que havia saído há muito de entre as linhas do caminho-de-ferro da Canadian Pacific, já não tinha o rosto coberto pelo pó da gravilha nem as unhas destruídas de levantar as travessas. A imagem intolerável de beleza sem fim havia cessado. Fernandes, o marido de Adelina, fazia anos que vendia e comprava casas. O mesmo dedo, que antes sangrara para cima das letras, escrevia agora números nas superfícies dos cheques sem deixar qualquer dedada. E sucedia que, entre vender e comprar, felizmente, Fernandes tinha sorte porque os preços nunca deixavam de lhe ser favoráveis. – "Por falar de vendas, falemos de Walter" – escrevia Adelina.

A propósito da venda e compra de casas, tivemos notícias dele. Há quatro anos, encerrou o negócio de jóias que tinha a meias com um grego, em Providence. Desapareceu do local onde estava dum dia para o outro. O grego ficou sozinho com o negócio, a gerir todo o capital. Constava que o grego ainda fizera buscas no rio. Buscas do seu corpo e do seu automóvel, e tudo fora em vão. Tinha contado um rapaz que viera de Massachusetts para comprar uma casa em Vancôver. Continuava Adelina. Como disse, nós vivemos sempre muito ocupados, mas sentimo-nos bem. Aqui, da neve saem flores lindas como se tivessem desabrochado no interior da terra e só viessem para fora quando fazem bouquet. Tão limpas, tão arrumadas, como se seus bulbs crescessem em vasos. Aliás, aqui, até os cemitérios são verdes e férteis. As pessoas passeiam com os filhos e os netos pelo meio das sepulturas e não têm medo das almas. Para eles, os mortos estão tão vivos como nós e por isso atravessam os graveyards com bastante alegria e sem repugnância nenhuma. Aqui. De resto, não sabemos nada de Walter. Escrevia Adelina. E só depois terminava a carta. – *From Adelina e José Fernandes, Real Estate Broker, Vancouver.*

74.

Francisco Dias não desejava ouvir mais. – "Salta, salta, sempre que vires essa letra invertida com que começa Walter!" Mas não era possível saltar. As cartas dos Dias, quase integralmente redigidas em português, como se ao escreverem para Valmares evitassem deixar as marcas das línguas onde estavam imersos, só falavam de Walter. – "Lê então" – dizia Francisco Dias, apoiado na mesa.

Sim, ao correio de São Sebastião de Valmares, passados dois meses, chega uma nova carta universal proveniente de Caracas. É Luísa, mulher e sócia de Inácio Dias, quem escreve, bairro de La Carlota. – Luísa responde, em nome do marido, aos apelos de Custódio para que venham repartir as areias e os pedregulhos. Inácio Dias, porém, não pode deixar a sua empresa, um dia só que seja. Luísa descreve uma ameaça de crise na construção civil. Uma crise que atinge a construção de viviendas, mansiones, os próprios rascacielos. Inácio não tem tempo para escrever uma carta quanto mais para fazer uma viagem para tratar duma herança complicada como é a dos Dias. E logo Luísa, emocionada, se refere a Walter. – "Se não sabem dónde está Walter Dias, siéntese en sus sillas, porque se van a llevar una sorpresa – Walter se encuentra en la ciudad de Caracas".

Aliás, não compreende que rumor é aquele de que tenha morrido afogado na baía de Narragansett, quando toda a gente sabe que vai para um ano e meio que ali vive. – Chegou e não comunicou a ninguém, nem a Inácio. – Encontrámo-lo quando já era sócio dum negócio de pratas. Soubemos, porém, que veio dos Estados Unidos, que depois de chegar trabalhou numa serração, que dormiu durante seis meses no seu próprio carro debaixo das mangueiras. Só nos apareceu um ano depois, quando ficou com a montra de joalharia, o que neste local não é coisa de grande monta. Por isso, sobre essa ideia de o convencerem a voltar a Valmares para tomar conta dos terrenos do pai, têm o nosso apoio. Se a crise atinge os prédios, como não há-de atingir os objectos supérfluos de oro y de plata? A idade também já lhe vai tocando, mas mesmo assim continua apresentável, com boas roupas, bons carros. Pero todo se sabe por acá. E Luísa Dias fazia parágrafo.

Dizem que si toma una copa de más, tira de una mantita que se pane sobre las espaldas y canta. Dizem também que la extiende sobre a cama quando quiere ter intimidad con las mujeres. Inácio fala duma manta que ha traído del servicio militar. Dizem que vai para el Silencio, acenando às raparigas com essa manta. Estão a correr rumores desagradáveis para o nosso nome. Temos um gran temor que esta fama contamine e prejudique a nossos filhos, estudantes de Derecho e Sociología. Ninguém se lembraria, neste mundo, de usar por sábana, una manta de soldado. En la comunidad, fala-se que veio desde o paralelo cinquenta a deitar mujeres sobre a manta e a abandonar os filhos que faz sobre ella. Diz-se en la comunidad. Escrevemos hoje ao pai, para que Custódio lhe escreva, pedindo que volte para aí, pois aqui está envergonhando o nosso apelido e o nome de Portugal. Esta gente de cá es muy patriota. E por isso, Inácio me disse que desta carta devo fazer seis cópias para mandar a cada um dos irmãos. Saludos y recuerdos. – *Luísa e lnácio Dias, La Constructora Ideal, Caracas.*

75.

Então as cartas universais aceleram. Não sobeja uma linha que não seja sobre Walter. No correio arcaico de São Sebastião de Valmares, por vezes aparecem duas dentro do mesmo cacifo. Uma espécie de rastilho está a arder entre as duas Américas e São Sebastião de Valmares, como se a separar os três continentes não existisse a massa ondulosa do Atlântico. Em oitenta e um, as cartas cruzam-se, muitas delas vêm registadas com aviso de recepção. Revejo essas cartas, não me lembro de nada mais que tenha acontecido entre elas. Elas ocupam um tempo total, uma época estranha como a que ocorre durante o relâmpago. Não recordo mais nada a não ser o que nelas está escrito. Estou virada para essas cartas como para um corpo, durante um envenenamento. A primeira que vem, depois de Luísa Dias ter escrito a localizar Walter, é uma carta de Vancôver. Uma carta envenenada.

"Paizinho!" – começava a carta, como se falasse. É que Adelina, a que recebera a carta do marido que deixara a dedada de sangue na folha, de repente, lembra-se de tudo, lá na sua casa de Vancôver, agora que foi acordada para a situação da manta.

Esquece o episódio da baía de Narragansett, regressa a cinquenta e um, e recorda como Walter, vindo furriel da Índia, se desfizera de tudo o que possuía, e como ficara com a manta debaixo do braço, a mesma manta em que dormia com as raparigas de Valmares. – "Lembra-se, paizinho?" – Adelina Dias tem talento para contar e escrever. Chegando aí, a letra apura-se, mas a sintaxe é veloz. Com desenvoltura, Adelina explica que uma manta de soldado é um território sagrado. Uma manta é o símbolo da resistência da vida militar, e diz que o irmão destruiu esse símbolo, desviou-o do seu devido lugar. Ele transformou a manta numa bandeira feia, uma bandeira que assusta, vista duma outra pátria.

Ela sabe – Walter andou pela Índia, da Índia foi à Austrália, da Austrália foi a África e, depois, durante seis anos, andou de porto em porto entre as duas costas do Atlântico. A manta tem terra de todos esses lugares. Deve estar suja de salmoira, de terra barrenta, terra pingue, terra bichenta das costas de África, terra mosquitosa da América Central, deve ter essas manchas unidas pela água derretida da neve do Ontário, a manta dele é um atlas. Lembrando o passado, ela está em situação de dizer que Walter não usa a manta para desenhar os pássaros. Ele usa a manta de soldado para se deitar e descansar, ou trabalhar daquela forma como sabemos, o que é revoltante. E antes de terminar, acrescentava – "Paizinho, a esta hora, devemos ter familiares espalhados por todas as partes do mundo, com os olhos dele, aqueles olhos do Walter que umas vezes parecem de chita e outras vezes parecem de gato. Os olhos pardos do Walter..." Depois, Adelina acrescentava desculpas por tudo, beijos e abraços. – *From Adelina e José Fernandes, Real Estate Broker, Vancouver.*

Sim, tratava-se duma carta envenenada. Lembro-me daquelas letras de Adelina. É uma tarde soalheira de Abril, as árvores lançam sombras solitárias pelas pedras da calçada. Os três estão sentados no pátio. Maria Ema não lê, escuta. Custódio não lê tudo, dizendo que é por causa do pai que não lê. Mas ela pede que ele leia, ela gosta de saber o que antigamente se passou com Walter. Acha interessante e pede que ele leia da primeira à última linha aquela carta de Vancôver – "Pelo amor de Deus, em que palhaçada se transformou a vida do Walter! Lê outra vez" – dizia ela como se tudo lhe fosse alheio, como se ela mesma fosse outra pessoa. A terceira leitura, quem a faz é ela própria, Maria Ema, junto à mesa. Por vezes adormece à mesa, com as cartas ao lado. Os óculos pousados, as hastes dobradas sobre as folhas das cartas.

76.

Então Teresa, a mulher de João Dias, a leiteira, de muito longe, revolta-se. Anos atrás, visitara a cidade de Walter, com toda a despesa paga por ele, mas tem de dizer a verdade. Agora, quando se lembra do cunhado a desenhar animais naquela baía, ia jurar que ele o tinha feito sobre essa manta.

Lembra-se perfeitamente de que, depois duma refeição durante a qual rabiscara uns pássaros quaisquer que por ali voavam, ele tinha ido buscar uma manta à bagageira do carro e tinha-se-lhe sentado em cima, estendendo-a sobre o paredão, e ela mesma até achara divertido, ao contrário do João que sentira raiva. Mas agora estava a saber que a manta não servia só para isso. E ambos, ela e seu marido, emergindo de dentro dos bidões de nata, dos quilolitros de leite pasteurizado, põem os pés nos bons costumes da terra plana onde habitam, uma terra cheia de limpeza, decência e honra, uma terra pura como a própria pradaria, para se exprimirem sobre a decência. – Aqui, a bandeira, ou flag, não é um objecto como os outros, é um objecto sagrado. Todos adoram o flag. Raras são as famílias que não o usam à porta ou no telhado. Às sextas-feiras, até os bêbados cantam com o flag nas mãos, e nem a bebida permite que ofendam os símbolos. Os Americanos dão a vida pela pátria que é mais do que a América, é a própria Democracy, como eles mesmos dizem. Por isso nunca passaria pela cabeça dum soldado americano, velho que fosse, vagabundo que fosse, usar uma manta de soldado para uma finalidade dessas. To do those bad things! E assim, Teresa e o leiteiro industrial João Dias desaconselham a que se chame Walter para tratar das terras do pai em Valmares. E nas últimas linhas, o casal recolhia para o interior da manteiga e do leite, para dentro do úbere das suas duas mil vacas. Misturando a vida delas com a vida auspiciosa dos filhos, todos bem, todos muito bem empregados. – *From Teresa e Jo Dias, San Joaquin.*

"Acabou-se!" – tinha dito Francisco Dias, sentado entre as sombras das árvores e das paredes. "Não quero mais ouvir estas cartas velhacas, não me interessa nada do que elas dizem. O tempo que gastam em acusar-se uns aos outros poderiam empregá-lo na obrigação do seu dever, que era vir cá. Mas cá não vêm eles, não." E passeando de canto a canto do pátio como um animal velho, encurralado, dizia que os filhos estavam a divertir-se à custa dele, do próprio pai, estavam a imitar os processos de Walter. "Tenha calma, pai!" – dizia Custódio Dias, lendo novamente para Maria Ema ouvir.

Como disse, eram cartas envenenadas.

77.

Aliás, Manuel Dias, o que fora mineiro, ele próprio, respondeu ao pai, a Custódio e a Maria Ema, depois de ter respondido a Inácio, o da América do Sul – Numa carta muito longa e muito solene, vinha lembrar que o seu percurso naquela terra se processara desde o escuro mais fundo do chão até ao centro mais importante de Otava, onde possuía um belo negócio de car rental, dispondo inclusive de seis táxis e duas limusines, e para tanto fora necessário sofrer muito, aprender muito, desconfiar muito também, o que não tinha sido nada fácil. Mas Walter, ignorando que é preciso fazer verdadeiros esforços, àquela data, já com cinquenta e tantos anos, ainda desenhava pássaros e deitava mulheres em cima duma podre manta de soldado. Ele até nem queria referir-se a esse objecto de triste memória. Escrevia apenas para dizer que tinha escrito a Inácio Dias, avisando-o de que nunca se sabia quando a proximidade de Walter era uma coisa boa. Pois não havia dúvida que Walter tinha fases. E para que o pai e os irmãos soubessem, ia revelar o que há muito estava escondido – Durante certo período, Walter tinha-o ajudado com aquele ofício de agente de viagens, tradução e intermediário de advogados e escrituras. Ajudara-o muito e nunca tinha cobrado nada. Mas depois, quando em sessenta e três viajara para Valmares, havia-lhe pedido dinheiro para perfazer a compra daquele carro com que se exibira junto do pai e restante família, e nunca lhe tinha pago. Assim, grande parte do carro onde eles haviam viajado, durante esse período de visita, saíra da sua própria algibeira. O Chevrolet donde Walter tirara as fotografias com os sobrinhos saíra do suor do seu próprio trabalho e da poupança da sua boa mulher. Perante aquilo, ele achava que tudo era de esperar de Walter. Naquele momento preciso, se fizesse contas com os juros, deveria o débito de Walter estar já acima de cinco mil dólares. Só para que soubéssemos. – *From Manuel Dias, Limo Service, Ottawa.*

Essa carta de Manuel Dias foi lida umas vinte vezes. Líamos e líamos, sufocados, no meio do pátio por onde rodavam as sombras das árvores. – "Enganou-nos..." – disse Custódio, pela primeira vez. – "Andámos enganados dentro daquele carro... Não era dele".

Sim, não era dele. Maria Ema lia e relia as passagens referentes a essa dívida, sem saber como interpretar o que lia. Então o carro não era dele? Francisco Dias, irritado com aquelas cartas que falavam de realidades terrestres que lhe eram estranhas, teve uma inesperada palavra de condescendência – "E o trabalho que Walter teve com o outro, não conta? Talvez seja este que escreve a acusar, quem esteja em falta com o trotamundos, porque também está em falta comigo. São todos iguais..."

Fosse como fosse, o facto de Walter ter andado com o pai, os irmãos e os sobrinhos num carro custeado por outro, depois daquela carta de Otava, tornava-se nuclear na recordação em torno do filho mais novo de Francisco Dias. Os três pareciam não querer acreditar. Afinal, as imagens que tinham guardado, e que perduravam nos cofres das suas vidas, de forma diferenciada, deveriam manter um rasto de beleza, pois de outro modo não se compreenderia o abalo que cada um experimentava ao ouvir ler pela vigésima segunda vez aquelas linhas. Se as imagens agora estavam manchadas, é porque antes elas sobreviviam, para cada um deles, brilhantes e lisas, tal como existiam para a filha. Passeios, corridas, surpresas, entregas a um poder que tínhamos imaginado em sessenta e três, e guardávamos em locais preciosos dentro das nossas cabeças, como seres vivos intactos, passado tanto tempo, eram assassinados de forma súbita através da carta de Manuel Dias, o da voz rouca do pátio. Maria Ema, com a carta entre mãos, parecia uma mulher velha. Ao lê-la ainda uma outra vez, o seu pescoço adquiria a forma duma ansa. As costas faziam um arcobotante para suster o seu peito pendido. O rosto enrugado, o cabelo cinzento. O artelho inchado. Naturalmente que o estrago tinha sido feito devagar, que o tempo escavara isso lentamente, sem se notar a progressão, mas a filha de Walter só reparou que Maria Ema estava diferente naquele instante. Ela tirava os óculos de ver ao perto e dizia para Custódio – "Era tudo mentira, nem um pouco do que cá veio fazer era verdade..." O marido, com o rosto apontado para as copas das árvores sequeiras, respondia – "Pois era..." – Abril adiantado de oitenta e um.

E de seguida, quase sem intervalo, viria outra carta a corroborar aquela mesma, ou qualquer coisa que tinha a ver com ela. Foram rápidos, abriram-na. Era de Luís Dias, o que tinha passado vinte anos na imagem, a demolir casas de madeira, descansando ao lado do maple tree, e agora era builder de construção civil, em Hamilton, e respondia – Li a carta de Manuel e isso haveria de ter sido comigo! Pois, irmãos, é preciso fazer alguma coisa pela cunhada Luísa e pelo irmão Inácio. Walter pode vigarizá-los. Para já não falar dessa questão da manta. Imagino como a manta não estará. De imaginar uma porcaria dessas, uma pessoa tem vergonha de se chamar Dias. Pois basta um único elemento ruim para destruir a reputação duma família, no mundo americano onde habitamos e temos as nossas vidas. – *From Luís Dias, Hamilton*. Fechavam a carta.

"Estão todos unidos..." – dizia Maria Ema, junto da porta, a cabeça encostada ao ombro do marido. – "Pois estão..." – dizia Custódio Dias, passando-lhe a mão pelo cabelo cinzento, solto, que ela apanhava só de um lado.

78.
Era verdade. Como se Valmares fosse agora um entreposto por onde passavam as cartas universais, logo de seguida chegava uma outra, batida à máquina, proveniente de Halifax. Era de Joaquim Dias. Uma carta breve. O inventivo construtor de bancos de jardim, lembrando-se do tempo em que carregava camiões de toros, avisava em cinco linhas – "Não me responsabilizo por dívidas que Walter Dias faça nos States, em toda a América do Norte, na América do Sul, em Portugal ou em qualquer outra parte do mundo." – *Signed by my Own Hand, Joaquim Dias. Woodcraft, Halifax.*

Custódio não precisava escrever uma linha que fosse para obter respostas. Agora os Dias correspondiam-se entre si como uma família unida com sede postal em Valmares.

E foi fulminante a resposta seguinte.

"Meu Sogro, meus Cunhados" – respondia Luísa, sem que Custódio lhe tivesse escrito. Estamos alarmados. Walter abandonou o negócio de oro y platas. Desapareceu. A montra fechou, a casa está encerrada. Na cochera onde parqueava o carro encontra-se lá o lugar já ocupado por outro. O que está o Inácio a pensar? Que talvez o negócio dele não fosse legal. Em coisas de oro y plata, piedras preciosas, é sempre de duvidar, sobretudo quando se trata dum homem que andou seis anos embarcado, de porto em porto. Como fazia ele o dinheiro? Pescando no meio do mar? Desenhando pássaros? É natural que tenha feito o dinheiro, que lhe deu para montar e desmontar tanta vez os negócios, através de artimanhas ilícitas. Há quem diga que andava num barco suspeito, com bandeira liberiana, o que pior não há. Não sabemos. – "Seja como for, que Deus nos perdoe, se injustamente pensamos, mas como podem compreender, estamos alarmados!" – E depois, a mulher de Inácio Dias, o que nos distantes anos cinquenta recusara os negócios de pão e farinha, e mandara um retrato trabalhando sob uma grua, entrava nos detalhes da crise que prendiam o marido, os filhos e ela mesma a um solo fértil sobre o qual estavam construindo em largura e altura, e não sabiam para quê. "Por enquanto, padre e cunhados, não iremos. E lamentamos muchísimo dar estas notícias sobre o caso de Walter". – *Luísa e Inácio Dias, La Constructora Ideal, Caracas*.

Maria Ema e Custódio já não dormiam no quarto poente, ocupavam um compartimento próximo da sala, a meio da moradia. Ela acordava cedo pensando nas horas de abertura e fecho do correio irregular e dizia-o. Era preciso ir buscar as cartas para se saber o que antigamente, muito antigamente, quando ainda se pensava que Walter tivesse remédio, havia acontecido – "Custódio, não te esqueças das cartas". Ele ia com dificuldade. O seu carro de pau mais leve era puxado por uma mula parda, também muito leve, atravessando com dificuldade as estradas em construção. Sim, trazia outra carta na algibeira da camisa. Abria-a sobre a mesa. Era de Luís Dias.

79.

Luís Dias, o das casas demolidas, antigamente, tábua atrás de tábua, já agora aproveitava para perguntar se era verdade o que entre sessenta e quatro e sessenta e cinco constara na comunidade, em Hamilton.

Nem sabia como começar, mas o assunto resumia-se no seguinte – Na sua cidade, àquela data, tinha corrido que Walter viajara no Chevrolet, em Valmares, com a manta no porta-bagagens, tendo tentado deitar sobre ela, primeiro, Maria Ema e, depois, a própria filha. Agora que a sobrinha era adulta, por que razão Luís Dias não poderia falar à vontade? A princípio, constara em Hamilton, que só não havia acontecido porque Custódio Dias tomava conta da mulher e da sobrinha vigiando-as dia e noite. Depois, constara que tinha mesmo acontecido. Mas só eles três, Maria Ema, Custódio e Francisco Dias, testemunhas vivas, poderiam dizer se fora verdade se fora mentira. Já agora ele, e a mulher dele, gostariam de conhecer a verdade. E o actual builder, antigo demolidor de casas, acrescentava, a fechar a carta – "Que Deus me perdoe, se reproduzo uma mentira, o que aqui se diz a lie. Sempre odiei lies and liers, e outros vícios. Sempre fui assim". – *From Luís Dias, Hamilton.*

E a suposta última carta é da autoria do mineiro, o de Otava, o que antes usava um chapéu de ferro, ou de lata, o que tinha uma luz entre os olhos para ver o minério e agora tem limusines e táxis. Várias luzes, vários faróis para ver muito bem as estradas longas e largas. Ele vê à distância e interpreta

– A vida em que consta ter caído a sobrinha deve-se sem dúvida a uma experiência grave ocorrida entre ela e Walter, o tio ou pai, como se queira. É que, se Walter andou num Chevrolet que não lhe pertencia, sempre munido da manta de soldado, para alguma coisa era. Manuel Dias está longe mas vê, vê muito bem tudo o que pode ter acontecido. Ou aconteceu. Que Deus lhe perdoe se vê demais sobre Valmares e São Sebastião, a partir de Otava. Ele não tem culpa de ver tanto, e tão seguramente, àquela distância toda, no tempo e no espaço. Meu Deus, o que ele vê! – Meu pai, meus irmãos, minha querida sobrinha que há tanto tempo não vejo, que deixei pequenina, e que desejava que hoje fosse uma mulher arrumada, casada, vivendo bem, em prosperidade e em paz – "Mas assim Deus não quis. Até sempre". – *From Manuel Dias, Limo Service, Ottawa.*

Não havia comentários a fazer. Em Valmares, o Sol baixava, vermelho, da cor do dióspiro, a terra arável encontrava-se lisa. Custódio, Maria Ema e Francisco Dias não eram capazes de interpretar a realidade complexa que se erguia na paisagem passada das suas vidas, a partir daquelas últimas cartas.

Era como se os filhos de Francisco Dias se encontrassem reunidos num espaço extraordinário, fora da Terra, na zona onde boiavam os satélites, e no entanto, esse espaço fosse São Sebastião de Valmares. Era como se não tivessem saído da primitiva comarca, da velha igreja, do antigo pátio desta casa, revisitando estes espaços, pegada a pegada, árvore a árvore, para perseguirem o fantástico crime de Walter. Para eles, oitenta e um era mais antigo do que sessenta e dois, e sessenta e dois encontrava-se mais afastado do que cinquenta e um. Mas o epicentro da comoção localizava-se no Inverno pluvioso de sessenta e três. Referiam os caminhos enlameados onde Walter teria seduzido a filha, os casarões onde a fizera entrar a propósito de desenhos com cotovias e rabirruivas, a manta que ele punha aos pés dela, enrolada, quando a havia levado para hotéis, em Faro, no Chevrolet que não lhe pertencia. O comboio, a estação, as casas, as árvores, as pessoas que referiam eram os de vinte, trinta anos atrás, avistados, a partir dessa distância, através dum óculo punitivo, furioso, envenenado. – Como disse, uma vingança sobre um sujeito falso e um destinatário imaginado estava a ser servida fria, gelada. Custódio não abria mais as cartas sonsas em estado fétido, dizia que as rasgava. E quando elas se transformaram em telefonemas, ele deixou de atender. A campainha retinia durante horas. Durante algum tempo, não se atendeu o telefone em casa. – "Ouves? Não vás lá, não te enganes" – dizia Custódio para Maria Ema. – "Não, não vou, marido" – dizia ela. Lembro-o esta noite, para que Walter saiba.

80.

Até que as cartas envenenadas começaram a desaparecer. Os seus autores pareciam voltar definitivamente para o interior da terra, o meio da neve, o sopé dos montes de tábuas, a poeira do cimento, as linhas de ferro, a planura das pradarias, mas agora montados nas suas novas fortunas, as suas estradas de oiro, o seu dinheiro invisível crescendo como o caudal dum rio. Sumiam, desapareciam, tinham feito parte da vida, mas também tinham sido um sonho. As cartas universais e envenenadas apagavam-se a si mesmas, deixando um lastro de sombras que durara dois anos, para nada. Não tencionava mais voltar àquelas cartas.

E se as refiro é apenas porque a abominação criada por elas faz parte do rasto tecido em torno de Walter. Walter não seria inteiro, esta noite, diante da sua manta de soldado, se não houvesse esta imagem de devassa e mentira que lhe talhou o corpo, na casa de Valmares. Pois na sequência das cartas, desaparecem as respostas a Custódio Dias, bem como os telefonemas. Também desaparece a energia de Francisco Dias. Sobre as pedras e as carrasqueiras, agora, abrem-se definitivamente estradas que fazem trevos, rodas, rios negros, sólidos, que zunem e partem a caminho de outros lugares. Ele não as vai ver, não pode nem quer, esse rodado rápido não lhe diz respeito. E quando a filha de Walter lhe responde que estão a ser feitas com trinta anos de atraso, ele diz – "Então vai, vai com elas".

"Que horas eram quando ela chegou?" – perguntava Maria Ema que se deixava adormecer vestida. Custódio aproximava-se da mulher, com seu pé peludo rastejando, seu pé alado marcando a regularidade da batida do outro relógio do mundo – "Não sei bem, mas veio cedo". Mentia. Acontecia os dois caminharem juntos pelo pátio. Quando se ouvia os passos de um, adivinhava-se a proximidade dos passos do outro. Às vezes dava a impressão de que Maria Ema andava pela rua, ao ritmo dos passos de Custódio Dias. Maria Ema parecia coxear também.

Deve datar dessa altura a compra dos primeiros guarda-sóis de jardim, das modernas cadeiras-de-vento, das trepadeiras que o marido oferece a Maria Ema para que remodele a vida. Pouca coisa, apenas uns objectos novos que obrigarão a mudança de outros objectos da casa, estabelecendo à superfície a ideia duma revolução interna. Umas épocas a esconderem-se debaixo de outras épocas, matéria a substituir matéria, para refresco da alma. O corpo entregue a pequenas coisas, cansado. Ela sentava-se no velho pátio. – "Ah! Tão bom!" – dizia.

81.
Mas Francisco Dias ficava à porta de casa. Ainda nessa altura ele continua a não querer cadeira-de-vento, não se afaz. Prefere a cadeira de mogno com braços rijos, para ficar

direito, ainda circunspecto, mas sobre um raio cada vez mais curto. Às vezes, porém, sobe as escadas. Ouço-o arfar na subida. Ele quereria ser inodoro e silencioso, mas não é nem uma coisa nem outra. Quereria, para poder espreitar o que faz ela metida no quarto, sem ser pressentido. Desde há muito que ele desconfia que ela pinta pássaros, e essa é a última coisa que ele deseja que ela faça na vida. Pior do que abrir a porta e sair, pelas cinco da tarde, na direcção do desaparecido Dr. Dalila, pior do que não dizer para onde vai, pior que não voltar, que voltar sem dizer onde esteve nem com quem andou, nem dizer quem são as companhias que traz, pior do que não falar, ou sair no Dyane à hora em que deveria voltar, é se ela desenhar pássaros. Por isso, Francisco Dias sobe, abre a porta com o estrondo que não quereria fazer e vem observar, pois quer saber o que está a engendrar, fechada no quarto, a filha de Walter.

Sim, o rei das carrasqueiras vem espreitar. Diz que já não manda em nada nem em ninguém, mas sobe ao quarto da neta, arquejando penosamente, vem mostrar ostensivamente que espreita, nesse Inverno de oitenta e um. Quer saber o que está a fazer, fechada em casa, quando lá fora as terras estão ervadas e húmidas. Quer saber, quer subir para saber, quer abrir a porta trancada, batendo-lhe com a canadiana. Passa-lhe pela cabeça mandar na filha do seu filho mais novo, impedi-la de alguma coisa que não sabe bem o que é, mas impedi-la, impedi-la, seja de que modo for. Subirá até ao patamar para ver o que ela faz e impedir o que faz. Os últimos percursos de Francisco Dias serão entre o seu quarto térreo e a escada que conduz ao quarto do primeiro andar. A neta não era totalmente destituída de misericórdia, por isso descia e falava-lhe. Na última manhã, por acaso falam-se. Ainda discutem, ainda se enraivecem, ainda se insultam, são iguais.

Mas Francisco Dias nunca deveria ter-se enraivecido contra essa neta, tão sua oposta e tão sua cativa. Ele deveria ter percebido, desde sempre, que ela nunca iria sair por completo do seu perímetro, e que se pretendia amarrar alguém a Valmares como refém do que havia perdido, bem podia deixar este mundo em descanso, porque essa ficaria bem presa. Ou melhor, está bem presa. Ao contrário dos outros que foram e não voltaram, essa vai mas regressa, regressa sempre. Essa encontra-se presa ao pé boto de Custódio Dias, à mulher dele, às árvores dele, às galinhas desaparecidas, aos últimos ovos, às últimas portas da cancela, aos últimos melins e arreatas, está presa às últimas alfaias da casa. Não se pode salvar. Todas as cartas que vier a escrever serão sobre esses objectos mortos que jazem por terra, que estão pendurados das paredes, que estão na rua à chuva, nos buracos luarentos dos palheiros, nas geringonças dos sarilhos dos poços, nos alcatruzes das noras, presa das mortes dos criados e das meninas que nelas se afogam, das avencas que fazem molhos verdes e se confundem com o dorso dos sapos. Está presa do sapo, da salamandra escura de rabo torto, do álamo, do cipreste, do cemitério branco onde os seus antepassados desfizeram os ossos, os seus nomes presos ao solo, antes de desaparecerem nos confins perpendiculares da terra, onde por acaso também está a pedra do Dr. Dalila. Ela está presa ao coração oculto das pedras. Ela nem vai, ela só regressa. Antes ia com um homem, regressava com outro, despediam-se com beijos prolongados, à porta, voltava com outro que beijava dum outro modo, desentendia-se com os homens, não os sabendo levar ou não os querendo manter. Já em oitenta, Maria Ema dizia à janela que a filha ia ficar sozinha, que não tinha habilidade para manter o mesmo homem, nem tinha sorte nenhuma porque não tinha Deus por seu lado. Gritava isso junto dela, dizia que não queria mais escândalos, mais homens, não desejava conhecer mais rostos, não queria trocar o nome deles, aliás, para não trocar o nome deles, nem perguntava quem eram. Nessa altura, ainda tinha medo da opinião dos vizinhos. Só que não havia vizinhos.

Como disse, os vizinhos da casa de Maria Ema eram principalmente a lebre e a raposa. Mas a mulher de Custódio não sabia. Depois ficou a saber. Estava sozinha, à sombra dos guarda-sóis, sentada na cadeira de lona, a que chamava esse nome de cadeira-de-vento, à espera do marido. Pelo menos uma vez que me lembre, ela chamou-o – "Querido?" – Para que Walter Dias saiba, esta noite, em que nos encontramos diante da sua manta de soldado.

82.

Porque depois das cartas desenvolveu-se entre eles um entendimento mais profundo, um comportamento simétrico como se um fosse o eco do outro. Custódio dizia para Maria Ema – "Afinal, o Chevrolet não era dele". E ela respondia, seguindo-o, pela rua adiante, até ao portão que ambos fechavam, empurrando cada um de seu lado – "Pois está visto que não era". Apesar de não disporem de novos dados, agora tinham a certeza. E de regresso olhavam para a filha de Walter, como se lhe quisessem dizer – Sim, aquele automóvel não era dele.

Então a filha pensava que também não era dele a chegada do táxi, nem a chuva que os tinha unido, nem as corridas que tinham feito pela 125. Não era dele a deambulação dentro de casa, nem seu o abraço apertado na manhã em que fizera a queima antes de amanhecer, tão-pouco a sua partida deslizando sobre o vidro de gelo que ouviria durante uma década. Não era seu o silêncio que tinha vindo depois, acompanhando essa década, nem provinha de si a ironia a que se tinha habituado como um escudo invisível. Não era dele o silêncio de quinze anos que ela mesma havia feito contra as pessoas daquela casa. Não era dele o revólver Smith, não eram dele as balas de metal, não era dele a sua vida. E ainda que fosse inexplicável onde começava e terminava essa analogia, e a quase totalidade das cartas venenosas não passasse, comprovadamente, duma fantasia, era tudo mentira porque o Chevrolet não era dele. Deveria ainda laborar na cabeça da filha de Walter uma altivez antiga, feita de deveres sagrados sobre tostões e centavos, um escrúpulo arcaico, uma honra arqueológica perdida no recente mundo das novas trocas, e que ainda existia gravada atrás da sua testa, pois só assim ela mesma poderia compreender que o Chevrolet continuasse a deslizar na direcção dos seus pés, e já não trouxesse lá dentro quem antes trazia – Walter Dias e Maria Ema Baptista, como no Inverno de sessenta e três. A pouco e pouco o Chevrolet ia-se reduzindo a uma luxuosa lata preta, que de vez em quando passava sem ruído, em direcção incerta.

83.

Mas o que é a imagem dum carro com rodado de veludo, na vida duma pessoa, comparada com a noite de chuva em que ele visitara a filha? – Então é preciso lembrar mais, esta noite, para que Walter saiba, antes de nos despedirmos.

Em Valmares a correspondência continuava a ser colocada sobre a mesma cómoda do corredor, encaixada na parede funda, entre duas portas e duas floreiras, ali mesmo onde antigamente se tinha formado o álbum dos pássaros. Fora aí que Custódio empilhara as cartas dos irmãos, e era aí também que ela ia buscá-las para ler, decorando-as às vezes, involuntariamente. Foi aí que passados meses ela encontrou novas folhas manuscritas, metidas entre as que pensava terem sido as últimas cartas dos Dias. Faziam parte das que Custódio já não lera, ou pelo menos não dera a ler, ou não dissera sequer que tinha recebido. Eram umas cinco, talvez seis, e entre elas havia uma de Manuel Dias, o que fora mineiro e tinha usado um farol na testa, um balde com minério no braço, gotas de suor na cara, e agora possuía uma frota de carros e uma visão transatlântica sobre o que se tinha passado em Valmares de sessenta e três. Dizia a carta em determinada passagem

– "Não me queiras tu, Custódio, deitar poeira nos olhos. Ele mesmo me contou, quando aqui veio mostrar as fotografias dos sobrinhos, que era seu hábito entrar no quarto da filha, descalço, com os sapatos na mão, enquanto vocês dormiam. Fique eu surdo e mudo, e tenha uma velhice desgraçada no pior asylum de doidos do Ontário, se não foi verdade que ele me contou. Porque haveria Walter de inventar uma coisa dessas? E agora vens tu dizer que nada disso aconteceu. Por certo que andavas cego, ou com a candeia às avessas, que não viste nada..." E depois Manuel Dias terminava dizendo que talvez conseguisse desembaraçar-se dos seus compromissos, no ano seguinte, para vir deslindar, finalmente, o assunto de Valmares. – *From Manuel Dias, Limo Service, Ottawa.*

Queria dizer – Ele mesmo lhes tinha contado.

Às vezes, diante da cómoda, encravada na parede grossa como de muralha, pensava que não era possível, que faltavam palavras fulcrais do que Walter teria dito, que Walter, conversando amenamente com o irmão, teria contado alguma coisa de muito diferente, alguma coisa lógica e com verdade. Ela imaginava que ele teria explicado – "Calcula que, para podermos trocar umas palavras a sós, tive de subir ao quarto onde ela dormia, e para não ofender ninguém, esperei que houvesse uma noite de chuva e ainda por cima tirei os sapatos. Eu também gostava dela e de todos eles, e não queria fazer-lhes mal. Aliás, nunca quis fazer mal a ninguém..." – imaginava ela que ele teria dito a Manuel Dias, mas o irmão de Otava, que pensava acima de tudo no dinheiro que Walter lhe devia, por certo teria ouvido outras frases, ou as mesmas, com outras entoações e ruídos. E assim ela desculpava Walter, e Walter voltava a subir por instantes pela escada do quarto, quando ela queria. Só que já não subia como antes, não brilhava no escuro, não estava contente nem triste, era apenas uma sombra que se movimentava, e depois já nem sombra era, como uma morte. Fazia falta mas apagava-se.

84.

Sim, as amendoeiras tinham-se coberto de pétalas nesse fim de Inverno, um Fevereiro morno, humedecido. Parecia que não existiam essas árvores redosas, entre as outras árvores, e de súbito, dava-se conta de que dos seus ramos frágeis estavam saindo pétalas. Um véu de pétalas emergia dessa rede de nada, cobrindo os campos, unindo-os, como se um sopro branco se tivesse erguido acima da terra para mostrar que estava viva. Nem antes nem depois aconteceu uma florescência tão suave, tão fina. Os caminhos pouco pisados estavam cobertos por tapetes de pétalas que sobreviviam durante dias sem se desfazerem, e quando se desfaziam, a filha de Walter pensava na natureza revigorada, a desafiar a temporalidade irrepetível.

Lembrava-se de imagens da natureza a ensinar a passagem irreversível da vida. Lembrava-se das papoilas-vermelhas ondulando à tona dos trigos, depois das batalhas, como se o sangue dos homens se transformasse nas flores das pátrias, e outras passagens semelhantes que formam as páginas trágicas dos países, divulgadas com música, depois dos armistícios. Sem querer, nesse fim de Inverno, ela andava pelos caminhos a pensar na batalha nevada das colinas das Ardenas, contemporânea de Walter. Recuava no tempo e pensava nos soldados franceses regressando da gelada Moscovo, invocava imagens soltas de outras batalhas, e depois pensava em Heitor, com quem tinha privado durante os anos d'*A Ilíada*, Heitor morto, transportado por um carro em pompa diante das muralhas de Tróia. Como poderia invocar outras imagens dispersas, limitada que estava pela insignificância das vagas notícias dos factos, confundidos na recordação da alma privada, em confronto com o grande absoluto, que sempre ia acontecendo no tempo, e que não se repetia nem parava. Esse grande mar fluindo. Mas sobre o infinitamente insignificante que a sua memória aos pedaços retinha e a passagem do grande resto que era esse infinito oceano exterior deslizando veloz, erguia-se, vigoroso e concreto, o que ela própria amava. Ela sabia desde há muito, que para si mesma, em certas noites de chuva, a história da humanidade era menos importante do que a história do seu pai, por indigno que fosse pensá-lo, quanto mais dizê-lo, ainda que o fizesse em voz baixa. E era por isso que ela desejava que Walter, a quem tinham dado a alcunha de soldado, tivesse morrido perto dum campo de batalha.

Não precisava que ele tivesse sido um herói, nem que o seu nome tivesse sido mencionado numa rádio nem inscrito em qualquer mural, queria apenas que ele tivesse desaparecido simplesmente, enrolado numa manta, um pedaço qualquer de sarja cinzenta, sem ter dado azo àquelas cartas. Invejava os mortos cujos corpos nunca tinham voltado a casa e de quem não se sabia nada, nem tinha restado coisa nenhuma, nem a ponta duma fivela. Na crueldade dos trinta anos, ela queria que Walter nunca tivesse aparecido a preencher o dia glorioso de sessenta e três, a perturbar a paz do coxo, a incendiar o decurso de Maria Ema, por se encontrar já definitivamente morto. Preferiria que ele tivesse sido, no passado, uma figura enterrada na vastidão exterior do que não passava por ela. Preferiria. Pensava horas a fio – E caminhando sobre a camada fina das pétalas brancas e rosadas das flores das amendoeiras que se lhe colavam às solas dos sapatos e trazia para casa como uma segunda sola, sem a limpar no tapete de arame da porta, percebia que não podia continuar a viver se não aniquilasse a vida de Walter.

85.

Começou esse trabalho de traça, que consistia em aniquilar a pessoa de Walter, entrando dentro do seu habitáculo devagar, como uma espia. Estivesse quem estivesse, que a deixassem ficar dentro do quarto, não a incomodassem com horas de dormir ou de comer. Ela queria visitar o interior de Walter. Queria assaltá-lo por dentro, sem ruído, atravessar, passar, reduzir, destruir-lhe a pessoa, conspurcando-o, transformando a doçura da sua imaterialidade evanescente numa parábola de natureza carnal para que desaparecesse. Ia até esse terreno, apagar aí, assassinar aí quem se ama, no local que se pensou intocável. Assassinar com uma infusão sonorífera, uma taça de mandrágora. Ia fazer a experiência da profanação, com os pés descalços, os sapatos na mão, como ele lhe havia ensinado. Iria profanar-lhe os ossos, como um micróbio, visitá-lo até à rede interna dos ossos e a polpa do coração. A isso se chamava de trabalho abominável. Na Primavera de oitenta e três, a manta do soldado sobrepunha-se a tudo como um motivo de abominação. No silêncio do quarto, este mesmo quarto, enquanto as árvores desfloriam, as hastes se enrolavam em folhas verdes, e os ramos cheios de seiva se multiplicavam e ofereciam pequenos cachos de frutos com pele de camurça, as palavras necessárias apareciam-lhe, naturais, frias, sem qualquer esforço e sem qualquer mágoa. Foi nesse fim de Inverno morno que ela iniciou um texto sobre Walter. Ela sabia, tal como os Dias desde sempre tinham sabido, que não se atinge verdadeiramente a reputação de alguém, enquanto não se atinge o local reservado do seu sexo. Era preciso atingir o sexo de Walter.

Onde estavam as cartas e os desenhos dos pássaros? Estavam guardados, mas iriam ser sacudidos, abertos e folheados com método, passando a ser apenas objectos com interesse, coleccionáveis, dentro da biblioteca da sua frieza. Convoco essa frieza em torno do caso interessante em que se transformou Walter Dias. A provocação, o lado vingativo do desprezo, tomou conta do seu dia, durante esse tempo de Primavera, com flores e sem ruído. O vigor dos ramos dava-lhe a presença de espírito bastante para escrever frases displicentes de defesa fria, como um advogado pago, analítica como um físico diante dum corpo. Pela janela que se abria sobre a erva, olhava para Walter como um caso clínico, falava dele, quando necessário, como dum produto, explicava-o a partir da sua infância como fazem os frios, os que lançam sobre o destino dos outros a rede da aranha explicativa, a teia grosseira da causa geradora irreversível do efeito. Na direcção de Walter. Queria, dessa forma, captá-lo, apagá-lo, ultrapassá-lo, esquecê-lo, ser livre. Escreveu três narrativas para atingir Walter. Lembro essas narrativas frias, esses contos de gelo, escritos contra um homem que havia alimentado a vida de pessoas, com esfarrapados desenhos de pássaros. Então Maria Ema, surpreendida com a permanência da filha em casa, o seu velho Dyane parado no pátio, chamava – "Ainda aí estás?" Sim, estaria uns meses. Quando teve as narrativas escritas, procurou localizar Walter. Não seria difícil.

86.
Era até bastante previsível que Walter tivesse continuado a descer ao longo do continente sul-americano. Não poderia ter ido longe – Walter começava a estar cercado na vastidão do mundo. Ela imaginava-o a evitar África, onde não queria voltar, e por isso não haveria de sair da linha poente do Atlântico. Como ele mesmo havia dito, África incendiara-se, cada parcela era disputada a ferro e fogo, e os novos tiranos pareciam tão bárbaros quanto os antigos, com a agravante de serem agora parentes consanguíneos dos tiranizados. Ele tinha tido razão. As palmeiras verdes eram ainda as mesmas, mas os seus braços agitavam-se sob um outro vento e era de balas. Os paquetes transatlânticos já não passavam as linhas de água com orquestras de bordo, amenizando as viagens de aventura. Os grandes navios eram abatidos, enferrujavam nos portos, desmantelados para serem amalgamados ou visitados como relíquias. Dinossauros de ferro, exibindo as mandíbulas perto de desertos cais. Acossado pelo câmbio, de certeza que

Walter descera pelas costas da América do Sul, pensava a filha. Deveria ter inclinado o percurso na direcção do Brasil ou de Buenos Aires. Estava previsto, quase previsto. Ela sabia. Ela previa-o na essência e na substância, faltavam só as circunstâncias. E essas demoraram mas acabaram por ser fornecidas pela Embaixada da Argentina. Era isso, Walter Dias, desde oitenta e um que se encontrava sediado na Calle Marina. E quando se confirmou que possuía um bar em Calle Morgana, sarcástica, a filha não pôde deixar de perguntar se por acaso não se chamaria Os Passarinhos. A pessoa que a atendia disse-lhe – "Por supuesto, se llama *Los Pájaros*!" A pessoa pronunciava Por jupueto, si yama *Los Páharos*. – Era de novo Outono. Maria Ema ficou junto ao portão a ver desaparecer o Dyane. – "Não queres dizer para onde vais? Nunca nos dizes nada..."

Los Pájaros. Procurei *Los Pájaros*.

O longínquo soldado de quarenta e cinco é agora um homem que vive na Argentina. É preciso ir ao encontro dessa figura, esse atraente ciclope, a quem tanto faz chamar um nome ou outro nome, de tal modo a passagem do tempo nos deixou magoados. Dentro dum saco, ela levava três narrativas fantasiosas contra uma figura sedutora, ausente presente, que lhes havia alimentado a vida.

Aliás, parecia irónico que Walter se encontrasse onde se encontrava. Nessa altura, ainda se falava da Argentina como dum matadouro escondido. Dizia-se que cidadãos pacíficos continuavam a ser levados de casa entre silhuetas armadas, sombras sem rosto, que metiam os capturados em carros rápidos fazendo-os desaparecer para sempre. Corriam rumores extraordinários sobre prisioneiros que teriam sido atirados de avião, longe das costas, para sul, na direcção da Terra do Fogo, ou então para norte, ao largo de Punta del Este, e alguns deles mesmo sobre o mar das Caraíbas. Constava. Entre o aeroporto e Buenos Aires, naquele mês de Outubro, a planura amarela ainda cheirava a açougue e a pólvora. Havia dias em que à Praça de Maio continuavam a acorrer bandos de mulheres de lenços na cabeça, reclamando os desaparecidos. Constava que os filhos delas tinham sido aniquilados para sempre, mas havia profissionais pagos para dizerem que estavam bem de saúde e iriam regressar assim que colaborassem com a justiça. Um enredo de fantasmas mortos vivos, o cortejo mágico de todas as tiranias. Foi no meio desse açougue ainda dissimulado que encontrei Walter Dias, proprietário de *Los Pájaros*.

87.

Convoco Los Pájaros e sua porta para a Calle Morgana, o número 43, as suas janelas altas do princípio do século, as suas madeiras finas, a sua parede amarela e essas palavras escritas numa tabuleta de ferro – *Bar Los Pájaros*. Ninguém entra e ninguém sai. Ainda está fechado o bar, ao cair da noite mal iluminada de Buenos Aires. Ela repara que, entre a porta daquela casa e o caminho onde, pela última vez Walter desapareceu, na direcção da estrada de Valmares, com os faróis apagados, também ainda não existe distância. Naquele momento, ele ainda é o mesmo. Ela ainda espera que o Chevrolet preto surja ao fundo da rua, avance, pare, estacione sobre o lancil de cimento, dele saia um homem de gabardina clara, fato azul-escuro, e se encaminhe para a porta. O que há-de dizer? Como o há-de nomear? – Tio Walter? Ainda o vê entrar, arrebatar um candeeiro de petróleo e colocá-lo diante da sua cabeça, como sempre. Não pode ser, tudo o que escreveram foi mentira, uma poderosa efabulação familiar com que os Dias entretêm a sua imaginação desligada da pátria, a sua fantasia aninhada, podrida de margem, pensa a filha, andando horas, cá e lá, à espera que chegue o Chevrolet preto.

No entanto, ela sabe que Walter fora mudando para um Chrysler, depois para um Studebaker, depois para Ford

Mustang branco, segundo as notícias de Luísa Dias. Depois não sabe. Não existe mais nenhum Chevrolet. O que existe são vinte anos de permeio, que não são vinte, são cem, cinco mil, oito mil se pensar n'*A Ilíada*. A distância entre a identidade e a dispersão não tem anos nem séculos. Horas diante do bar que só abrirá às onze. Caminhando para cá e para lá, não sabe o que está a fazer, tão longe de Valmares, se não tem nada para entregar a Walter, a não ser uma história arcaica em três capítulos, que deseja contar ao próprio personagem. Não sabe porque vem desinquietá-lo, mas também não sabe porque não pode passar sem isso nem sobreviver sem esse encontro. Tem dentro do saco, pendurado ao pescoço, três episódios escritos, para lhe entregar em vez do revólver carregado. Para que serviria ali o verdadeiro revólver? De vez em quando entram pessoas e saem. Walter não entra nem sai. Entra ela. Lembro essa entrada, peço desculpa pela entrada, não pela entrada mas pela forma, pela frieza com que ela transpôs o limiar dessa casa, com o seu quê de prostíbulo. Mas entra.

88.

Entra e não está ninguém. Fica a olhar para o interior de *Los Pájaros*. O ambiente é de madeira, um desenho sólido dos anos quarenta. Aliás, tudo parece antigo, parado, contemporâneo dos Peróns e da sua síntese de caridade e extravagância. Vai, entra. As madeiras, as mesas altas, as cadeiras pesadas onde parece haver pernadas inteiras de árvores exóticas, os próprios estofos de carneira são doutro tempo. Há bois verdadeiros esticados nas cadeiras de *Los Pájaros*. *Los Pájaros* lembra os velhos cafés de Faro, as velhas ceras com textura de manteiga e cheiro a ranço e aguarrás. E fumo, cheiro a tabaco, cinza esquecida e fumo. Mas entre o piano e o balcão do bar, qualquer coisa se move. Está de costas, consertando o banco dum piano, parece atarraxar uma perna de banco com força, faz esforço para fazer entrar a perna e ouve-se o efeito físico do esforço. Tem um martelo no chão. Com esforço, dobra-se para alcançar o martelo e chama por um nome que não vem, não acode. O volume humano coberto de xadrez larga o banco, levanta-se, vira-se. Dentro do volume de xadrez largo e claro, com um martelo na mão, está o que resta dum homem sedutor. Está o que resta do soldado Walter.

Está também o que resta do furriel, o desenhador de pássaros, Walter. E existe a frieza com que ela se dirigiu ao volumoso resto do antigo embarcadiço, o mercador Walter. Tensa, despótica, defendida pela ausência da misericórdia, a filha sentar-se-á numa cadeira, diante de Walter Dias.

A princípio, Walter não a olha. Só passado algum tempo e uma poderosa bebida, ele ri. O riso é o mesmo. A casa enche-se enquanto ele recupera o riso. Cresceu para os lados mas no meio do rosto ficaram as antigas feições intactas. Os membros avolumaram-se, o tronco adquiriu uma forma taurina, corpulenta, mas o gesto largo dos membros, sob aquela superfície de xadrez cinzento, branco e preto, é o mesmo. Os colarinhos, claros, pontudos, afiados. Os sapatos de verniz, finos, de biqueira pontiaguda que batem no chão de madeira com som de sapato de fêmea. Está vestido como antigamente, um antigamente indefinido, mais antigo do que o tempo da sua visita a Valmares, esse dia glorioso de quase três meses. Olha os objectos. Ela sempre soube que os objectos são parte profunda do ser. Ele ali estava rodeado dos seus objectos. Ele ali está, esmagado pela presença da amiga sobrinha, a salteadora da escada, aquela que o fez subir na noite da chuva sem ele querer, talvez sem ele desejar. Cabisbaixo, envergonhado, diante da filha. – "Oye, tienes ganas de tomar algo?"

"Qué quieres? Qué deseas tomar?" – Nada, ela não quer tomar nada.

89.

Então o bar enche-se de música europeia, música de todas as saudades. Música napolitana, andaluza, francesa, música polaca, música romena. Uma selecção que ele mesmo faz com o pick-up velho, gravado numa fita antiga. No intervalo da música, ouve-se o barulho da fita. É um velho aparelho tratado com desvelo. A música não é nítida. A música está entremeada de música argentina. Milongas tristes, música de rodeo, melancólicas pamparias. Música tangueira. Piazzolla. Quem ali está, bebendo e sorrindo, é gente parada, altiva, parecem ter acabado de chegar duma planície sem fim, semelhante ao mar. Acho que vêm do mar e da terra plana, sem outro horizonte que não seja o horizonte, essa linha que indefinidamente se afasta. E Walter sabe, continua a ter o talento intacto, porque os que entram falam-lhe com familiaridade, alguns como amigos, percebe-se que é alguém naquele círculo. Por volta da uma da noite, Walter tem a casa cheia. A essa hora, ele diz que só agora o movimento começou. Então senta-se na mesa onde a mandou sentar e queixa-se da noite, queixa-se do medo, da polícia, dos militares, dos banqueiros, dos fornecedores, queixa-se de tudo o que rodeia a Calle Morgana. Queixa-se dos hábitos, diz que está pesado por causa dos hábitos, que sonha voltar a um estilo de vida diferente. Terra de demasiada carne. Diz que as famílias dão de beber às crianças suco de carne. E havia o mate. Odiava o mate. A magia da carne para ele resultava em alguma coisa de profano e perturbador. A él le perturbaba la carne. – "Me perturba muchísimo, sí..." O facto de usar frases meio castelhanas, com palavras híbridas, arrastadas, parecia uma indecência, emergindo no discurso de Walter. Tornava-se estranho. Era como se tivesse curvado o pescoço a alguma coisa que o fazia descer, não por ser castelhano mas por não ser dele, na pessoa que tinha sido ele. Foi esse "Me perturba muchísimo", pronunciado com um acento completamente entregue à voz ondulosa que se ouvia em redor, que a fez ganhar energia e estender os papéis que trazia no saco, sobre a mesa de madeira.

Mas antes pergunta-lhe pelos desenhos dos pássaros. A frieza da filha está engatilhada. Nenhuma pergunta que lhe faz é inocente. Não são perguntas estudadas, e no entanto são flechas, e ele, desprevenido, diz a verdade – "Hay por ahí tijeretas, golondrinas, chorlitos, loros, cabecitas negras, tantos, tantísimos... Pero me siento um poco fatigado. Para qué repetirlos com la mano, si todos ellos están aqui, dentro de mi propia cabeza, verdad?" – Sim, claro que segue desenhando, mas agora lo hace muy pouco. Ela pergunta pela quinta vez porque não desenha mais. Ele diz, pela décima vez, que não é preciso. Que ainda teve uns desenhos, ali, en el rincón del tango, alrededor de la pista donde se puede bailar. Pero no funcionaba, no casaba com las parejas bailando. Agora prefere não ter nada na parede – "No te gusta la casa?" Tudo se passa muito rápido. Ele nem pergunta por que razão o interroga, está na defensiva, está surpreendido duma forma estranha, é inteligente, compreende que ela não lhe veio dar nada, sabe que lhe vem tirar, que é um ajuste de contas. E ainda diz – "Para quê imitar la naturaleza? La naturaleza existe por si mesma, sem mim. Eu penso nos pássaros, mas eles andam por aí, por las pampas, sem que eu os copie. Não preciso desenhar más pássaros, estão dentro de mi cabeza, pero uno sólo lo sabe quando llega a viejo. Sí, sí, no necessito dibujarlos para encontrarlos. Los pájaros..."

90.
A conversa torna-se penosa, ele sabe ao que ela veio, não sabe, porém, como vai executar o que quer, e ela ainda não quer agir, receia que se mostrar o que leva consigo, ele possa cortar o fio da conversa e mande evacuar o *Bar Los Pájaros*. Ele não pergunta nada sobre ela, nem sobre Maria Ema, nem

sobre Custódio, nem sobre o país, os novos governos do país, nem sequer sobre Valmares. Walter está prisioneiro da surpresa que caiu sobre si. Possuía três carros e duas casas, diz ele. Mas por aqui uma pessoa acorda com vários carros e várias casas, e adormece sem nada. Baralhando os idiomas, não dizia carros, dizia coches. Possuir mansiones e coches eram as únicas formas de mantener el dinero vivo. Ele não perguntava nem por Maria Ema, nem por Custódio, nem pela Casa de Valmares, nem por que razão a filha estava ali, nem como sabia do seu paradeiro, nem como chegava, nem por que razão o procurava. Era como se a surpresa, ou a chegada do que esperava, o aniquilasse e o deixasse disponível para ser conduzido. Não valia a pena perturbar aquele aniquilamento. Quando lhe estendeu os maços de folhas que continham as narrativas abomináveis que lhe vinha entregar, ele aceitou. – "Gracias" – disse.

Aliás, ele teria aceite, sob o peso daquela visita no seu ninho de pássaro velho, um tiro de revólver. Se ela ainda o possuísse e tivesse levado e disparado, ele acharia natural. No fundo, teria estado à espera desse acto de surpresa, desde sempre. E então, quando aquela gente lenta e altiva, de cabelo brilhante como nos anos quarenta, uma mescla de italiano e índio de pele cor de azeitona, onde havia também um parente galego e um outro francês, e aquela gente morena, com alma morena e triste, duma tristeza profunda, feita de incapacidade de ser supremamente alegre, que ela tão bem conhecia do seu próprio país, começou a abalar, a sair, a rir tristemente, longamente, elegantemente, com a voz pastosa, pronunciada com o menor número de movimentos de língua, saída lá do fundo, entre o beijo e o boceijo, os homens fazendo gingar as mulheres contra as fivelas dos seus próprios cintos, como se fossem suas violas, e elas entregues a eles como seus instrumentos, quando isso aconteceu e ficámos quase sós, com dois pares movimentado-se na penumbra aos supetões como nos sonhos, estendi a Walter Dias o primeiro terço das folhas.

E ele puxou por las gafas, com os mesmos gestos com que punha os óculos de sol ao dirigir-se ao Chevrolet, em sessenta e três, os mesmos gestos com que tomara pela última vez os braços de Maria Ema, diante de nós todos, no regresso de Sagres, e começou a ler. Só interrompeu para perguntar à filha se tudo aquilo era escrito por ela.

"Preciosísimo!" – disse, lendo devagar, uma leitura de semicego, de quem decifra palavra a palavra, debaixo duma lâmpada fraca. E depois leu, obedientemente, bebericando, a sorrir, metido no fato de xadrez, escondido sob aquele volume de carne que não lhe pertencia, tinha vindo das grelhas, da banha dos bois rotundos, esquartejados e esfumaçados em cima das grelhas. E no entanto, apesar de ser capaz de lhe dar a beber aquele cálice, a filha amava-o. Amava-o, não ao outro que poderia ter sido ele, mas a ele mesmo que ali estava a ler as páginas abomináveis, com leitura amalgamada de cego, pois sorria embaraçado para a filha, aplicando-se sobre os papéis que arrumava desordenadamente. Walter leu.

91.

Leu alto, leu lento, leu suave, leu em espanhol, em português como quem lê noutra língua, sentado enormemente, no meio daquele bar de pisos desnivelados, castanho, espelhado, com um piano fechado e um recinto onde os quatro bailarinos de tango se enlaçavam de vez em quando. E as mulheres se entregavam ao homem, vencidas, dadas, amolecidas. Lia virado para el ricón del tango. De vez em quando dizia – "Che!" Tão distanciado daquelas linhas quanto de si mesmo. Lia inocentemente uma história sobre si, sem se aperceber. Lia na noite argentina, nem quente nem fria, silenciosa, estendida ao longo dum porto imenso. Lia. "Muy bien, muy bien" – disse. – "Sos vos quién lo ha escrito?" A filha disse que sim. E uma dor, diante daquele homem pesado, lento, de cabelo encaracolado agarrado às têmporas, sentado tão longe do lago Ontário onde quereria ter ficado, pelo menos por mais algum tempo, tocava-a. Aquele homem, que já não desenhava pássaros, atingia-a. E de novo a vulnerabilidade visitava a filha de Walter, pois ele não compreendia a parábola que lhe oferecia, a metáfora grosseira, ofensiva e bárbara que ela lhe entregara em primeira mão. Nem teria lido o título. Não o vira.

Walter Dias não conseguia compreender os papéis que sustinha, arrumado à lâmpada de luz escassa, puxada para cima da mesa. A narrativa que ele lia, enquanto o último par tangueiro ainda se baloiçava e fazia volta; rápidas, depois de momentos em que pareciam ter-se imobilizado em formol dentro dum jarro, e enlaçados acordavam e se sacudiam, para de novo ficarem torcidos e colados, como disse, a narrativa que ele tinha entre mãos, e que lia sem ler, falava duma fantasia agreste, sarcástica e ao mesmo tempo trivial, como se ditada pelo Dr. Dalila. Uma invenção com seu quê de Carnaval e whisky. O caso dum homem muito velho e muito rico, contente de si mesmo, acometido pela ideia de reunir todos os seus descendentes, para lhes distribuir a fortuna e transmitir-lhes a arte de bem viver e triunfar.

Como dizer?

Nem sempre o homem da narrativa fora rico. Muito novo, ele tinha sido um pobre soldado embarcadiço que andara a traficar e a fazer filhos de praia em praia, ao longo das costas do Império, proezas de que muito se honrava. E agora, para se apresentar como progenitor junto dos descendentes, gabava-se de ter a felicidade de se haver prevenido, guardando a manta enterreada em cima da qual havia deitado mulheres de várias cores e línguas. Segundo o próprio, o que se teria passado outrora sobre essa manta tê-lo-ia ornado inesquecível.

Bastaria assobiar de certo modo, quando chegasse a um porto, para que todas as mulheres que tivessem dormido com ele acorressem, desde que ainda estivessem vivas ou pelo menos de saúde razoável. Se bem que o seu interesse concreto, de momento, fosse diferente. O homem velho muito rico iria apenas seguir viagem num vapor, acompanhado de dois criados e um explorador de matas, que o ajudariam a encontrar os descendentes legítimos espalhados pelas cidades costeiras, através da marca das suas próprias feições, seus traços de família inconfundíveis. E tinham partido. Só que chegados aos portos e baías, tornava-se difícil reconhecê-los, e ainda mais difícil juntá-los, pois os descendentes, deixados pelo antigo soldado, haviam se cruzado com outros mamíferos, e agora que ele voltava aos locais antigos, encontrava os seus olhos estampados, indistintamente, em pessoas e animais que o seguiam, atraídos pelo cheiro da manta enterreada. O final não importava – Montado no seu vapor, o soldado muito rico e muito velho, amparado pelos dois criados e pelo explorador, com seu panamá na cabeça, era seguido por um bando inumano com o qual não podia dialogar nem fazer partilhas. Carregado de pessoas e bestas, todos com os mesmos olhos brancos, o vapor seguia viagem através do mar. Se Walter tivesse lido, saberia que não encontravam nenhuma ilha. A narrativa que Walter mantinha entre as mãos apenas servia para ampliar a ideia do atlas de Adelina Dias. Ela própria, a filha, era um dos Dias. Tratava-se duma parábola grosseira, abominável, de linguagem rude, com um título claro. Só era possível ele não entender porque não lia.

92.

Ele não lia, porque ainda se encontrava em estado de choque, porventura tinha imaginado ser surpreendido, mas a surpresa oferecia passos que não previra, cativo que estava no coração do seu refúgio. Só quando a filha lhe estendeu, ao mesmo tempo, "*O Pintador de Pássaros*" e "*A Charrete do Diabo*", ele voltou atrás e soletrou verdadeiramente o título da narrativa agreste que não tinha lido, e sentiu que em vez de papéis a filha lhe oferecia um espelho. Ficou corado. Começou a folhear para trás e para diante os três maços de folhas. Atropelava as folhas, olhava para a filha, a filha olhava para ele e para as folhas, debaixo da lâmpada baixa. Walter Dias soletrou em voz alta o título da narrativa – "*O Soldadinho Fornicador*". "Fornicador..." – repetiu ele. E depois, aterrado – "No has sido vos, por supuesto, quien lo ha escrito..." A noite murmurosa ainda estava colada ao espaço de madeira. O soldado Walter, lívido, ergueu o seu grande corpo, o corpo demasiado pesado para o seu esqueleto, que pendia do seu esqueleto como se tivesse arrastado a materialidade dos lugares por onde tinha passado e não tivesse sido possível desembaraçar-se dela, e pôs-se a tremer, no meio do aposento musicante e dançante, com as folhas na mão. Estava em fúria. – "Fora, fora!" – disse ele. O par que ainda se baloiçava e adormecia, no meio del rincón del tango, acordou. – "Fora!"

Walter Dias não podia aceitar semelhante fantasia sobre a sua manta. A sua manta era um lugar sobre o qual havia desenhado os seus pássaros e feito o que lhe tinha apetecido fazer. Ninguém tinha nada a ver com isso. O ódio contra as palavras da filha crescia. Em pé, lia passagens em voz alta, em português com o sotaque do Sul, sem uma palavra em espanhol, como se a raiva o transportasse à origem. O seu ódio era um ódio velho, semelhante ao ódio que a filha havia visto em certos homens de Valmares. Era um ódio bárbaro que levantava atrás de si as mesas e as cadeiras, empurrava adiante do seu ventre os nomes das pessoas da família, dirigindo-lhes injúrias. Eu era a família visada. Àqueles gritos, a mulher do último par pôs uma mantilha à antiga pela cabeça e saiu agarrada ao cotovelo do homem tangante. – "Fora!"

Amanhecia na Calle Morgana, amanhecia como vinte anos atrás em Valmares, amanhecia ao contrário. Em vez do abraço que lhe dera, ele expulsava a filha, os papéis verminosos da filha, pela sua vingança sórdida e bárbara. "Fora!" – Já não era noite. Convoco a cólera do soldado Walter para dentro desta noite. Ele iria ficar sufocado, junto ao umbral, enojado, diante da porta da Calle Morgana, diante de *Los Pájaros*, com o dedo erguido. Vejo essa cólera, suspendo-a, demoro-a, multiplico-a – A cólera dessa noite ficará a fazer parte da minha cólera, será parte integrante da minha herança mais íntima. Adiante.

93.

Na verdade, a filha não fora até ao *Bar Los Pájaros* para sossego dele, mas sim para o bem dela. Encontrava-se ali para cortar alguma coisa que tinha de ser cortada, no momento exacto. Cortar dentro de si. Fora para isso que ela tinha dado todos aqueles passos.

Assim, ela irá deambular durante a noite seguinte por essa rua recta, recente, a que chamavam antiga, irá espreitá-lo desde a Calle Marina, e irá querer falar-lhe. Ela lembra-se – Ela está de costas viradas, a meio da Calle Morgana, à espera dele. Ele passa, cruza-se com ela, fingindo-se ambos indiferentes como se não se cruzassem, ele entra e ela fica na rua, em frente da tabuleta do *Bar Los Pájaros*. É Outubro claro em Buenos Aires, a noite tão amena quanto o dia ou o sol-posto. Ela em frente, determinada a esperar. Até que ele vem, vem com aqueles sapatos de sola fina donde lhe sobeja o andar e o pé. Há uma biqueira de verniz picotada como nos sapatos de Fred Astaire. Andando, pesado, vem. Walter pergunta por Maria Ema e por Custódio Dias, e como se passou com Francisco Dias. Ainda bem que assim foi, sem dar por isso, diz ele, ainda bem. E preparava-se para se sumir dentro daquela casa de madeiras escuras onde se ouvia música e se dançava, mas a filha tinha vindo para alguma coisa mais – "Diz então o que queres..."

Era simples, ela não queria nada dele, só queria saber porque desenhava ele pássaros, e ele já se encaminhava para *Los Pájaros*. Espere! Disse ela, antes que ele reentrasse. Devia-lhe isso. Mas ele mostrava-se opaco, desentendido, despedia-se – "Não sei". E acrescentou que desenhava sem razão nenhuma, desenhava, tinha ido desenhando, disse ele, encaminhando-se para a porta, resguardando-a dela. Um momento, deve-me essa resposta, espere! Seria que Walter pensava que tudo iria ficar impune na sua vida? Que bastava pegar um vício e ir-se embora? Ela queria saber. E a filha aproximou-se dele e perguntou-lhe definitivamente para que desenhava ele aqueles pássaros, pedindo-lhe que não mentisse. Ele tinha passado a vida inteira a desenhar, tinha gasto o seu tempo e a sua reputação a desenhar pássaros por onde ia passando, e agora queria dizer-lhe que havia sido para nada? Não percebia que era fundamental que lhe respondesse? E ele, pesado, desejando sumir-se da vista dela, desaparecer quanto antes pelo portal, respondeu-lhe – "Não tenhas ilusões, foi sempre para meu prazer, para mais nada..."

Como assim? Tinha desenhado com precisão, copiado com realismo como um ornitólogo, enviava-os a partir das terras por onde ia passando como um zoólogo, um ilustrador, um geógrafo dos pássaros. Às vezes como um artista. Por vezes os pássaros dele saíam das folhas, moviam-se, voavam. Por vezes os seus pássaros dançavam. Espere! Pediu ela. Mas parou porque percebia que o torturava. Não valia a pena. Ele disse-lhe – "Não quero que aprendas nada comigo. Não tenho nada para te ensinar..." Espere. "Te escreverei" – disse ele, invertendo a ordem das palavras. E ainda disse alguma coisa, um cumprimento qualquer, mas depois entrou, devagar, encostou a porta, fechou-lha no rosto. A porta do *Bar Los Pájaros*, Calle Morgana, Buenos Aires. Extraordinariamente devagar. E disse – "Dale recuerdos a ella, a Maria Ema".

Então, para que Walter saiba.

94.

Em Valmares, Maria Ema gostava de se sentar nas cadeiras-de-vento à sombra dos guarda-sóis azuis, a ver a linha crenada dos hotéis, dia a dia, a subir ao longe, entre as clareiras das árvores. O mar berrante como uma faixa cintilante entre a linha de terra e o céu. Ela gostava do mar assim, aliás só gostava dele assim, dava-lhe paz, queria que a Primavera do mar continuasse sempre igual, e entregava-se ao calor do sol, estendendo-se nos poiais. Às vezes os filhos de Custódio vinham com a máquina e tiravam-lhe fotografias que mandavam ampliar e onde ela, de diferente que se achava, não era capaz de se reconhecer a si mesma – "Pelo amor de Deus, aquela não sou eu, não!" Custódio dizia – "És, és!" E quando o filho mais novo a filmou, e ela passou no écran, de cabelo branco, com um braçado de flores amarelas, não quis acreditar no que via e perguntou – "O quê, aquela é a Catarina Eburne?" Custódio simulava acreditar na dúvida da mulher e dizia – "Não, não, aquela és tu, naquele dia em que deste conta das maravilhas todas, que não ficou nenhuma". Também às vezes a filha parava o Dyane, quando se cruzava com eles, e trazia-os a eles e às plantas deles. Faziam longas caminhadas, um atrás do outro, lentos percursos, coxeantes, para irem procurar varas de boas buganvílias. De chapéus de palha na cabeça, enfeitavam o campo inculto, e pessoas que passavam em automóveis paravam e fotografavam-nos. Às vezes os dois passeavam na direcção do mar e olhavam para a casa que fora do Dr. Dalila. – "Quem mora agora ali?" – perguntava ela. Não precisava dos recuerdos de Walter. Nunca lhos daria.

Aliás, anos depois, Adelina Dias telefonou pelas quatro horas da manhã nos primeiros dias dum Novembro frio.

A campainha ficou a tocar de forma estridente, saindo o som da mesinha de entrada, atravessando as paredes e repercutindo-se nelas, como um aviso insinuante. Maria Ema e Custódio, vieram os dois, apressados, pelo corredor fora, receando desastres para os filhos, qualquer coisa como um apito de ambulância ou um recado da polícia. – "Quem será a esta hora?" Mas não se tratava dum telefonema local, era uma chamada longínqua, proveniente de Vancôver, ainda que junto ao bocal se ouvisse distintamente, como se a filha de Francisco Dias que se encontrava do outro lado da Terra, rente ao Pacífico, falasse dali, da praia mais próxima – "Está? Está? Quem está lá?" – dizia Maria Ema. – "Que horas são aí em Valmares?" – perguntava Adelina. Era tão nítido o som que se ouvia a voz do Fernandes, o que tinha ensinado a letra W de Walter, falar perto da mulher, mas Adelina não se esclarecia. – "Então?" – perguntou Maria Ema. E a outra, com uma voz que começou por ser chorosa, balbuciou – "Infelizmente, é para dizer que Walter não deixou nem um carro, nem uma casa, nem uma loja, nem um barco, nem um relógio, nem um cheque, nem um dólar, caramba! Dele não restou absolutamente nada, meus irmãos..." – disse Adelina Dias, terminando já com voz veemente. Maria Ema ficou em silêncio. – "É uma nódoa que deixa, é uma vergonha que uma coisa destas se diga de um dos Dias..." E Maria Ema ainda permaneceu em silêncio, até que respondeu à cunhada – "Ora, Adelina, não era isso mesmo que se esperava?" Do outro lado ouvia-se o Fernandes dizer – "Diz-lhes que recebemos a notícia pelo irmão Inácio, de Caracas, e que ele a recebeu dum amigo que vive na Argentina. Diz-lhes". E deste lado, Maria Ema explicava a Custódio – "Estão a dizer que não deixou nem um cheque, nem um fato, nem um dólar, nem uma casa, tal como se previa..." E quando Maria Ema foi retomar a chamada, já Adelina Dias tinha desligado.

Era melhor assim, pois o que mais havia para dizer que justificasse o aumento da despesa americana? Custódio pôs-se a caminhar pelo corredor fora, com o pé curto batendo em baixo, cada vez mais certo, cada vez mais regular, parecendo mais novo no andamento do que Maria Ema. Ela virou-se para trás e disse – "Pronto, podemos descansar". Disse a mulher para o marido, antes de entrarem no seu quarto, rente à sala. E muito juntos, talvez abraçados, entraram.

95.

"Espere" – tinha dito a filha, antes que Walter reentrasse no *Bar Los Pájaros* e a incumbisse daqueles recuerdos. O corpo dele parecia ter um centro de gravidade incerto, precisando de olhar continuamente para o chão para não cair. Mas então ele não queria negar nada, desmentir nada? Não tinha nada para acrescentar? Não queria pedir-lhe desculpa por ter contado a Manuel Dias o que se passara durante a noite da chuva? Por ter ficado a dever parte do Chevrolet? Ou não ter ficado a dever, e não possuir a circunspecção suficiente para explicar que não ficara a dever? Não queria tomar conhecimento das cartas dos irmãos para poder desmentir tudo o que nelas se dizia? – "Espere." Ela própria queria falar da sua vida, da vida com o Dr. Dalila, dos sucessores do Dr. Dalila, daquele tempo das corridas, do que fizera da sua mesa de trabalho, dos seus projectos, porque tinha projectos, incluindo aqueles que consistiam em afastar-se dele, da afeição dele. Sim, que não tivesse dúvidas, ela tinha vindo para ofendê-lo, para apagar a imagem dele que a afundava, e ele não queria dizer nada? Não queria rebater pelo menos as vinganças malévolas que lhe viera trazer? Ela estava à espera. Se ele falasse com ela.

Mas ele tinha-lhe fechado a porta no rosto, e antes mesmo de a fechar, havia dito – "Dale recuerdos a ella, a Maria Ema". Esgotado, ele fechava a porta do *Bar Los Pájaros*, perguntando, por cortesia, em espanhol – "No querés tomar algo? Una copa, quizá..."

96.

Sim, a filha voltara em paz, mas inquietara para sempre Walter. Ela sabia. Ele começaria a enviar cartas a Custódio, regularmente, abundantemente, explicando que estava para voltar. Que tinha de voltar. Cartas rápidas, sem pássaros. Aliás, queria voltar bem, queria voltar para comprar o que era dos irmãos e oferecer a Custódio, para ele fazer o que quisesse. Mas infelizmente o câmbio não estava a ajudar. Aliás, tinha um plano, o de enriquecer em sentido oposto, o de subir no globo terrestre, regressar ao Norte, aproximar-se do México, passar à Califórnia, fazer La Paz, San Diego, San Francisco, e daí a qualquer sítio onde o dólar florescesse. Rodar de novo na direcção de Ontário. Em suma, desejava regressar aos países bem administrados do Norte. Mas percebia-se que era um sonho derradeiro.

A riqueza fácil já jogava com outros meios. Embora em todas as cartas que escrevia continuasse a dizer que, estivesse onde estivesse, iria voltar. Até que ele mesmo percebe que não vai voltar. Numa das cartas já não tem *Los Pájaros*. Na noite em que vende *Los Pájaros*, compra três carros e deposita dois sacos repletos de notas de peso argentino nos Bancos. Milhões de pesos, com tantos zeros que nem neles acerta ao escrevê-los. Mas passadas umas horas o peso não existe, não tem cotação. Na noite seguinte, a fortuna de Walter fica reduzida a três carros. Los coches, como viremos a saber, em breve serão só dois. Há um dia em que sabe que um dos coches ainda lhe dará para uma passagem de avião até Nova Iorque, e a ligação em Coach Line para Newark. Mas nesse caso, chegaria a Newark sem coches e sem dólares. Não terá nada. Então ficará reduzido a um coche, nas noites de Argentina, as grandes pampas, onde terá encontrado o último lugar da sua fuga permanente. Só irá parar de correr diante da cordilheira andina, de costas para o Atlântico. E depois, em Novembro frio, houve aquele telefonema de Adelina Dias e seu marido Fernandes a partir de Vancôver. E a voz de Maria Ema, a sua inconfundível voz que sempre associei a uma roseira, dizendo – "Pronto, podemos descansar".

Espere, disse a filha dele. Pelo amor de Deus, não compreende como é importante que fale da ocupação inútil que foi desenhar pássaros? Não compreende? – Mas, como disse, balbuciando umas palavras em espanhol, ele fechou-se atrás da porta do *Bar Los Pájaros*.

97.

E esta manhã um dos filhos de Maria Ema amarrou o jipe na calçada e atirou os mantimentos pela janela da cozinha, não tinha tempo a perder. Também atirou um embrulho proveniente duma localidade chamada Corrientes de Arena. Um embrulho sujo, carregado de letras. Maria Ema soltou um grito de alerta para fora, na manhã luminosa de Verão – "Custódio, vem cá!" E ele apareceu logo e entrou, e ambos ficaram a examinar o embrulho, afastados, como se contivesse uma bomba, e ela entregou-lhe uma tesoura de peixe e ele cortou o fio que era tão grosso que parecia uma corda, e dentro, também enrolada, e apertada com outra corda, encontrava-se a manta de Walter. Maria Ema olhou demoradamente para a superfície do objecto com os óculos de ver ao perto, impressionada com o conteúdo daquela encomenda postal. Não sabia o que pensar, mas sentindo-se bastante revoltada, ainda se exaltou – "Parece impossível! Custa a acreditar que dez meses depois de desaparecer, ainda esse homem nos venha ofender a todos, enviando-lhe um pedaço de manta podre... Vem desassossegá-la, mandando-lhe a puta duma manta de soldado. Nunca teve vergonha... Desinquieta-a até depois de morto..." Custódio ainda mantinha a tesoura de peixe na mão. – "Seja como for, pertence-lhe" – disse Custódio. – "Nem devíamos tê-la aberto, era uma encomenda dela". E como ela, nesse momento, já se encontrava em frente deles, Custódio pousou a tesoura e entregou-lhe o embrulho. Tinham passado dez meses.

Dez meses antes, a voz de Adelina havia sido clara a partir de Vancôver – Nem uma casa, nem um carro, nem um dólar, nem um fato, nada, Walter não deixou absolutamente nada. Era a mesma pessoa que sempre fora. Só faltava ter dito – "Paizinho! Olhe que ele não deixou absolutamente nada!"

98.

Mas Walter deixou.

Para mostrar que o seu destino não tinha sido previsível, e para contrariar tudo o que dele se havia dito, passados dez meses chegava o embrulho contendo a manta que era dirigida à filha. Sobre o papel pardo estava desenhado o nome dela e o dele mesmo, e dentro encontrava-se o cobertor dobrado em dezasseis partes, um novelo de pano grosso limpo, apenas amassado pela corda apertada. Por fora, as letras tinham sido escritas na superfície, de forma bem impressiva, mas quem o redigira invertera a ordem dos locais de destino, fazendo antecipar a localidade do nome do país – *São Sebastião de Valmares*. E aí tudo se deve ter complicado porque não existe no mundo, que se saiba, qualquer país com esse nome. Não existe. E contudo, o embrulho não se perdeu.

O montante invulgar de selos estampilhados sobre o invólucro e as ordens e pedidos, espalhados pelo papel, devem ter impressionado, sucessivamente, pelo menos dois funcionários da África Equatorial, em busca dum tal destinatário em Casamansa, um outro no México, e ainda outro em Marrocos, e finalmente alguém no Sul de Espanha, Correos de Málaga, donde o enviaram para São Sebastião de Valmares, com mais um carimbo e uma rubrica datada. Os selos devem ter impressionado o vulnerável coração desses funcionários, que por coincidência terão ficado em sintonia, e em cadeia durante meses, foram sendo tocados pelo invólucro inteiro do pacote. O embrulho não parecia um pacote postal, parecia uma folha saída da algibeira dum afogado. Em linhas enviesadas, numa letra grossa, de pessoa inculta ou demasiado apressada, podia ler-se – POR AVION. URGENTE. MUY URGENTE, TOMESE CON ATENCION LA URGENCIA. E no verso do volume, como nota, a declaração mais extraordinária – POR FAVOR. NO TIENE OTRO VALOR QUE EL SENTIMENTAL. DEVESE RESPETAR AL REMITENTE Y AL DESTINATARIO. A filha de Walter Dias ignorava que se pudesse semear um pacote postal de mensagens tão explícitas, desconhecia que se pudesse estabelecer semelhante tipo de diligência entre serviços locais tão diferenciados, sobretudo quando algumas das palavras já se encontravam comidas por nódoas e dedadas. Fosse como fosse, a verdade é que a última correspondência de Walter acabou por repetir o destino de quem o enviou, e nesse facto a filha de Walter reconhece aquilo a que, à falta de outra palavra, se deve chamar de milagre. Não conheceu outro, nem acredita que se repita de novo na sua vida. Aí está a palavra – À mistura do silencioso, do burlesco, da coincidência e da surpresa, acaso não se deve chamar milagre? Pelo menos seria o que teria dito o Dr. Dalila, na casa das figueiras, se pudéssemos ter falado sobre a última encomenda de Walter. Mas havia mais.

No interior do embrulho, como já se disse, entalada no meio da manta, encontrava-se a tarjeta escrita com a letra elegante de Walter, um pouco tremida, tombada para diante, contendo ainda o rabisco dum pássaro – *Deixo à minha sobrinha, por única herança, esta manta de soldado*. Era como se de dentro da vida dum homem aparecesse uma parte renitente a fazer uma prova de criança, eu diria mesmo a inocência da criança, quando a criança estende as palmas das mãos para mostrar a inocência. A manta um pouco surrada mas limpa, como ele a teria retirado duma caserna de Évora, em quarenta e cinco, era a palma da sua mão estendida. Como pode a filha parar de dizer – Espere? Tudo ficou em aberto, esta noite em que de novo ele sobe devagar, erguendo-se, a partir desta manta, um desfile de imagens extraordinárias reformulando todos os filmes antigos. Desde as corridas nos carros, ao abraço dentro da fotografia, ao revólver esquecido, que por si só espalhava o medo e trazia a força, à tarde de Verão em que quisera levá-la de charrete para destino incerto, à cólera da madrugada da queima, e à cólera da outra, a segunda madrugada, aquela em que ele gritara "Fora!", na Calle Morgana, até à verdadeira noite da chuva, e todas as outras em que ela o chamava e ele vinha. Agora ela sabe que de novo ele descalçará os sapatos e subirá a escada sempre que lho pedir. Não tem que pedir desculpa de nada, nem de se arrepender de nada, nem de pedir perdão a ninguém. Nunca teve. Walter pode deambular por este espaço, em paz, até ao fim da vida.

99.

Espere – Tinha a filha dito antes que ele fechasse a porta do *Bar Los Pájaros*, depois dos recuerdos. E ele fechou-a lentamente, e como tinha um óculo que era regulado por dentro, durante algum tempo ela havia ficado diante da porta, certa de que ele se encontrava atrás do óculo. Ela só tinha saído daquele lugar quando de novo se aproximou a hora de o bar se encher, porque era Viernes, santa Viernes dos bares, e a porta abria-se e fechava-se, continuamente, e não se via a pessoa dele. E ela tomou o caminho da Residencial Las Naciones, onde se tinha instalado, e depois a estrada larga para o aeroporto, com o mesmo odor a coisas escuras perpetradas que faziam dum campo que deveria ser fértil um mar de açougues. Espere – disse ela, como na noite da chuva. Era Outubro de oitenta e três. Queria dizer-lhe que, mesmo que jamais se reencontrassem, nunca pensasse que estaria em falta para com ela, como na noite da chuva. Pois somando todas as imagens ao longo da vida, fora imensa a herança que Walter Dias deixara à filha. Mas nessa altura tudo isso era verdade, e também era mentira, porque a filha queria deitar fora o que Walter até aí lhe deixara. O que não acontecerá esta noite, diante da sua manta de soldado, quarto dos altos da casa de Valmares. Em que ele volta de novo, como uma luz, até ao fim da vida.

100.

Aliás, a filha conhece a diferença entre as alfaias como se fosse um cavador. Conhece os arados, os timões, os forcados, os fueiros, o sacho, o alvião, as forquilhas de três garfos, de cinco e de seis, as pás estreitas como línguas e as côncavas como duas grandes mãos unidas. Tudo isso são objectos que se encontram pendurados, para que os filhos deles, num futuro próximo, construam o museu turístico da casa, discriminados sob fitas de acrílico. Mas entretanto, ela própria não precisa – Ela conhece a foice, o ancinho, a aguilhada, o alferce de folha única como um dente, e o alferce de duas entradas, finas como facas. Conhece a enxada de lâmina compacta, a que corta a terra a prumo, e a separa em rápidas cavadelas lisas como vidros. E conhece a de lâmina gaivada, aquela que serve para escolher as pedras, entremeter-se entre elas, pô-las de lado, separá-las da leiva, à medida que cava. Se bem que, nesta madrugada, ela queira aquela outra, a enxada sólida, a de lâmina inteira. Mas para cavar com esta enxada, um homem precisa erguê-la acima da cabeça, levantá-la na perpendicular com as duas mãos unidas, bem cuspidas, bem apertadas ao cabo, e gemendo alto, para impulsionar a força, deixar a lâmina abater-se sobre a terra. É essa alfaia que ela vai escolher. E um palmo de terra, ali, entre as árvores que eram de fruta mas em breve serão de jardim e sombra. É ali mesmo. É sobre esse tecido de areia que ela vai abater a lâmina dessa enxada. Sabe onde tudo está, onde todos e cada um desses instrumentos se encontram. A pessoa que presentemente dorme com ela naquele quarto, acha estranho que a filha de Walter possa procurar às escuras uma alfaia agrícola e que a encontre pelo tacto sem acender a luz. Está na pele, no gene, no olho cego que se tem no alto da cabeça, o que vê o horrível e a beleza, quando o resto do corpo sossega ou mesmo se apaga. Ela traz para a rua a alfaia e a manta. A pessoa que a acompanha não pode tocar nem numa nem noutra, é um assunto só seu. Um assunto só dela. Com aqueles gestos antigos, ela abre um buraco na terra – "Ai!" Grita a cada cavadela como se lhe nascesse um filho. Coloca lá dentro a manta dobrada, contente consigo mesma e com Walter. Quem é pai de quem? Quem é a nossa mãe? Acaso, nesta hora, Walter Dias não passará a ser seu filho? Ela ouve o rodado dos seus inumeráveis carros, alguns deles em forma de navios, e sente alegria pela sua velocidade, tem medo de que se despiste, salte bermas e se mate, como se sente exactamente por um filho. É de novo madrugada. Estamos de novo juntos, nessa alegria da corrida. – Por favor, espere.

E então, da porta lateral da casa de Valmares, surgem os passos de Custódio, medidos, regulares, o seu pé mais curto amparado por uma espécie invulgar de penas, uma pelúcia fina, vem por aí adiante, pela senda fora, pelo pasto seco, vem por ele próprio e por Maria Ema, acordada com o som da cavação da filha, no meio das oliveiras. O seu pé sereno, guardador, o pé vigilante dum homem que foi metade dum outro homem, vem. Custódio chega e tira-lhe a enxada das mãos, e ele mesmo empurra a terra e acama-a, alisa-a, fica esperando que ela lhe diga alguma coisa. Ele mesmo diz – "Pelo amor de Deus, não fiquem aí parados, ainda é tão cedo, vão entrando". Ele mesmo diz. E depois, ele mesmo entra.

Este livro foi composto com tipografia Adobe Garamond Pro e
impresso em papel Off-White 80 g/m² na Formato Artes Gráficas.